LE MAGOT DE MOMM

DU MÊME AUTEUR

LA BRISURE, 1994.
BOURRASQUE, 1995.
ELLE VA PARTIR, 1996.
SON NOM D'AVANT, 1998.

HÉLÈNE LENOIR

LE MAGOT DE MOMM

LES ÉDITIONS DE MINUIT

L'ÉDITION ORIGINALE DE CET OUVRAGE A ÉTÉ TIRÉE À TRENTE EXEMPLAIRES SUR VERGÉ DES PAPETERIES DE VIZILLE, NUMÉROTÉS DE 1 À 30 PLUS SEPT EXEMPLAIRES HORS COMMERCE NUMÉROTÉS DE H.-C. I À H.-C. VII

L'auteur remercie le département du Nord
ainsi que les responsables
de la Villa Mont-Noir/Marguerite Yourcenar.

ISBN 2-7073-1762-4

Dehors, quelqu'un enfonçait des clous dans du bois dur, épais, un homme qui devait bricoler après son travail, vers six heures en juin. Les cerises étaient mûres dans les arbres, les roses entre deux floraisons, un orage avait ravivé la lumière et redonné de l'air à l'aube. On entendait aussi des enfants jouer contre les haies des jardins, devant les portes métalliques des garages où un ballon rebondissait quelquefois, tapage qui déclenchait des jurons, des menaces, criés par les fenêtres ouvertes derrière les stores abaissés là où donnait le soleil encore haut et chaud à cette heure.

Ils étaient allongés côte à côte, nus sur le drap bleu pâle et ne se touchaient plus. La pointe chiffonnée d'un oreiller séparait leurs épaules. Leurs doigts s'effleuraient à peine sur la cigarette qu'ils se passaient, gardaient le temps d'une bouffée puis tenaient dressée, le filtre entre le pouce et l'index, et lâchaient quand les doigts en ciseaux de l'autre l'avaient saisie. L'homme continuait à enfoncer chaque clou en terminant la série des cinq grands coups de marteau réguliers par un doublé plus faible et sourd sur le bois. Il réparait peut-être une barrière ou construisait une palissade, quelque chose de solide en tout cas, côté jardin.

La sueur était fraîche sur leurs peaux, leurs ventres très blancs, leurs cuisses et tout son corps à lui, tandis qu'elle s'est déjà exposée au soleil dans des vêtements d'été, jupes légères, hauts sans manches, décolletés. Lui, il vit à l'intérieur, ça se voit, et quand il sort il est pressé, il cherche l'ombre, seuls ses avant-bras, son visage et son cou sont très légèrement brunis.

Il regarde l'armoire sur laquelle s'entassent jusqu'au plafond des cartons, des revues, deux piles de trente-trois tours, des sacs en plastique ficelés sur quelque chose de mou, de la laine peut-être. Il tire une dernière fois sur la cigarette, puis se détourne pour l'écraser dans un petit cendrier jaune, en forme de corbeille, une poterie d'enfant. Il prend sa montre, la remet à son poignet après avoir vu l'heure et il reste allongé sur le côté en regardant l'aiguille des secondes cheminer sur son cadran noir, la main gauche appuyée au bord de la table de nuit où un radio-réveil digital est en partie dissimulé sous des mouchoirs en papier jetés là après usage, beaucoup de mouchoirs grossièrement chiffonnés, du sperme et des larmes, mêlés, collés, absorbés, et les secondes passant, en rouge, dessous ou derrière, il ne peut pas les voir, il peut seulement lire le dernier chiffre de l'heure, un huit, et celui des minutes : treize.

Elle se tourne vers lui, caresse son dos. Il ne bronche pas. Elle crispe ses doigts écartés entre ses omoplates, enfonce ses ongles dans sa chair et la griffe en appuyant de plus en plus fort au fur et à mesure qu'elle descend vers le flanc. Il tressaille et pousse un petit grognement de protestation. Ça fait trois traits un peu tremblés et roses sur la peau blanche. Elle souffle doucement dessus, en chien de fusil, pelotonnée dans son dos immobile. Un petit avion ronronne dans le ciel. L'homme recommence à planter ses clous dans ses planches dures après une courte pause pendant laquelle il a dû boire, aller chercher du nouveau matériel dans son appentis ou simplement prendre du recul. Un groupe d'enfants excités court dans la rue, s'éloigne, malgré les appels d'une femme qui leur ordonne de revenir tout de suite et finalement renonce en râlant. Porte claquée. Juste après, la voix pointue, faussement enjouée de la mère retentit dans la cage d'escalier. Elle annonce qu'elle va chercher du râpé, qu'elle sera sortie un petit quart d'heure, puis, n'ayant pas reçu de réponse, elle bougonne et se met en route, on entend ses talons hésiter sur l'allée gravillonnée, s'avancer lentement jusqu'au portail qu'elle ouvre et referme sans faire tinter la cloche, on l'entend s'éloigner enfin sur le sol ferme du trottoir d'un pas de plus en plus décidé.

Elle caresse son dos, là où elle l'a griffé et plus bas, sa hanche charnue, sa cuisse, s'arrête en tournant la tête vers le plafond et en retenant sa respiration pour mieux s'imprégner du silence exceptionnel de la maison, quelques secondes, jusqu'à ce qu'elle reconnaisse les pas lestes et sûrs de Lili qui traverse le palier et descend l'escalier, avec gaieté lui semble-t-il.

– Elle en profite, dit-elle, elle part.

Il ne bouge pas, ne pose aucune question, ne prononce aucun mot signifiant qu'il ne voit pas de quoi elle parle ou qu'il a entendu lui aussi les pas et pensé, au moins pensé que la présence de Lili qu'elle lui avait signalée mais qu'il avait évidemment oubliée... il pourrait le dire maintenant : J'avais oublié qu'elle était là, à côté, tu crois que... ? Non. Rien. C'est loin de lui, tout ça. Et déjà elle s'en veut d'avoir brisé le silence en amenant entre eux quelque chose d'elle qu'il semble refuser et qui pourrait les séparer complètement si elle s'obstinait, se mettait à parler, à lui demander pourquoi et quand et si...

Sa main remonte jusqu'à son aisselle moite que ses doigts fouillent doucement puis laissent. Elle s'allonge à nouveau sur le dos et soupire bruyamment en se massant la gorge, la bouche ouverte, les yeux fermés.

L'homme scie maintenant à la main une planche large et dure en faisant de courtes pauses pendant lesquelles on entend des voix rieuses venant d'une radio allumée dans une cuisine peut-être, côté rue, bruits de vaisselle, d'un jet d'eau affolant des enfants plus loin, d'un scooter qui ralentit, s'arrête puis repart après quelques secondes, le moteur en s'éloignant est relayé par la scie qui continue à entrer dans le bois avec effort.

Soudain il se redresse, s'assied au bord du lit et reste un moment indécis, les coudes sur ses cuisses écartées. Elle ne bouge pas, garde les yeux fermés pour ne pas voir l'ébauche de son prochain mouvement. Son cœur bat. Elle joue en désirant être surprise puisqu'elle sait qu'il va se lever, s'habiller et partir lui aussi, sans qu'elle ait réussi à rien lui dire. Les mots reviendront quand elle entendra sa voiture démarrer dans la rue, freiner au carrefour puis accélérer. Elle sait cela et aussi que rien ne pourra le retenir.

Il prend la bouteille d'eau, boit au goulot, la repose sur la table de nuit et enlève les mouchoirs sales. Il les attrape entre deux doigts et les laisse tomber par terre, épars sur le plancher et sur ses vêtements à elle. Lui, il a posé les siens sur la chaise.

– Bon, il faut que j'y aille, dit-il en regardant le radio-réveil, et le matelas est fortement secoué quand il se lève.

Elle n'ouvre pas les yeux, sent qu'il a jeté sa robe

sur elle, sur son ventre, sa culotte sur son genou. Elle l'entend commencer à enfiler ses habits, slip, pantalon, chaussettes, chaussures, puis la chemise. Elle voudrait lui demander de rester quelques minutes encore avant que la mère revienne, juste le temps de fumer une autre cigarette ensemble, de parler, pas longtemps, mais un tout petit peu, se parler. Lui dire, avant qu'il ait bouclé sa ceinture, que ce serait moins dur pour elle de le laisser partir s'il lui disait quelque chose, n'importe quoi qui lui donnerait la force de l'attendre. Ou qui lui donnerait plutôt de la gaieté dans cette attente. Ce serait ça. C'est ça qui manque tant qu'ils ne se parlent pas.

Elle ouvre les yeux. Il s'est approché de la fenêtre, soulève le store, se penche un peu pour vérifier que sa voiture est toujours bien à l'ombre.

– Tu ne veux pas... ?, fait-elle en se levant à son tour.

– Non. Il est presque la demie. Je suis en retard.

– Embrasse-moi, touche-moi encore !

Il sourit, embarrassé, en regardant son corps nu debout au milieu de la pièce et la porte fermée derrière. Il prend son veston, le jette sur son épaule où il le retient d'un doigt, faisant tinter de l'autre main son trousseau de clés dans sa poche.

– Laisse-moi partir maintenant.

Elle recule jusqu'à la porte, lui barre le passage, les

bras écartés, avec une expression de défi joyeux. Il soupire : Nann !, du ton suppliant et agacé d'un père qui a affaire à une enfant capricieuse. Puis il se penche pour prendre sa mallette, s'avance d'un pas décidé vers elle, lui attrape le poignet et l'attire brusquement contre lui. Les clés la blessent à la hanche mais elle reste collée à lui, sur la pointe des pieds, le bras tordu, essayant d'attraper sa bouche pour la mordre. Il ricane, s'esquive en donnant des petits coups de tête, puis il l'écarte et l'envoie culbuter sur le lit où elle plonge et demeure sans bouger telle qu'il l'a laissée tomber en travers du drap bleu pâle jusqu'à ce qu'elle entende la portière s'ouvrir puis claquer en bas dans la rue. Elle enfouit alors son visage dans l'oreiller et se met à crier pour couvrir le bruit du moteur qui s'éloigne, ralentit au carrefour, accélère. Elle crie son nom et elle l'insulte en mouillant la taie fleurie sur laquelle plus tard elle trouvera des cheveux courts, châtain-gris, qu'elle ramassera un à un, mettra dans le cendrier puis dans un sac à la poubelle avec tous les mouchoirs.

Collée à lui sur le scooter, sans casque, les cheveux dans les yeux et dans la bouche, elle le serre encore plus fort quand ils s'arrêtent au feu et elle lui dit qu'elle a tout. Il se retourne en lui demandant : Quoi ?, d'une voix forte, assourdie par son casque intégral.

– J'ai tout !, répète-t-elle en criant presque.

Il ne semble pas plus avancé mais, comme le feu passe au vert, il démarre sec et la secousse projette leurs bustes vers l'arrière. Le sac à dos de toile claire rebondit sur les reins de Lili qui se met à chanter J'ai tout, tout, tout... en secouant la tête, les yeux mi-clos, tout, tout, les lèvres avancées en arrondi vers un micro imaginaire qui serait fixé sous l'épaule gauche du blouson de Dan dont les franges de cuir retourné lui caressent la gorge, j'ai tout, j'ai tout, j'ai tout tout tout..., sur trois notes basses, un rythme lent marqué par les balancements de sa tête renversée sur sa nuque où se défait le vague chignon dont elle avait longuement étudié le désordre avant de partir en nouant ses épais cheveux roux à l'aide de plusieurs pinces de plastique turquoise, violet, noir piqueté de strass, en forme de becs d'oiseaux parleurs qui se seraient égarés dans les touffes emmêlées et démêlées maintenant par le vent tiède qui fait couler ses yeux, tout, tout, et les larmes chatouillent quand elles atteignent les oreilles.

Ils roulent à cinquante à l'heure au milieu de la chaussée, indifférents aux automobilistes qui, dès qu'ils peuvent enfin les doubler, les klaxonnent, leur font des signes coléreux, une fausse blonde en décapotable les insulte en gesticulant, ils ne réagissent pas, Lili fredonnant toujours les mêmes mots sur les mêmes notes, tout, tout, ponctués d'inspirations avides, les gaz d'échappement, les vapeurs de diesel, j'ai tout, cette odeur de l'essence où se fondent le lieu et le temps, ce qui s'est passé, ce qui est en train de se passer dans la maison tandis que Dan l'enlève et l'emporte vers le soir, la nuit, loin, où personne ne pourra la trouver, l'attraper, la forcer à revenir... Imaginant en sentant le poids de son sac à dos l'indignation inquiète des deux femmes qui en ce moment même peut-être déjà l'appellent en ouvrant toutes les portes, les fenêtres, elles secouent les couettes des lits, passent les petites à la question, crient, fouillent sa chambre, la mère et la grand-mère s'affrontant, s'injuriant, si pour une fois elles pouvaient aller jusqu'à s'injurier, ce serait son seul regret de ne pas pouvoir l'entendre ni le voir, ni voir non plus ce type entre elles deux, ce type qui était venu à cinq heures et demie soi-disant pour aider sa mère à mettre de l'ordre dans ses finances de sorte qu'il ne fallait en aucun cas les déranger pendant qu'ils seraient dans la chambre fermée à clé parce que les histoires d'argent en général sont des choses très personnelles, secrètes, importantes et sérieuses qui exigent le plus grand calme, la grand-mère l'avait compris, elle en avait l'expérience, elle avait interdit aux filles de les déranger, votre mère et l'expert, ils sont là-haut, soyez sages et discrètes, soyez polies si vous le voyez... se figurant qu'elles accourraient toutes les trois quand il sonnerait à la porte, qu'elles lui feraient gentiment la révérence et le remercieraient en chœur d'avoir la grande bonté de mettre son nez d'expert dans les relevés de banque, les fiches de paye, les factures, toutes ces choses ennuyeuses et répugnantes comme du linge sale... Momm voulait donc le voir, ce type, bien que sa fille lui ait clairement signifié qu'elle n'y tenait pas. Je m'excuse, mais j'ai quand même le droit de savoir qui se trouve sous mon toit, avait dit Momm comme à chaque fois qu'on annonçait la visite d'un étranger. Personne ne pouvait entrer dans la maison sans passer par elle, plantureuse, incontournable dans la petite entrée, son regard toujours réprobateur, malgré le grand sourire et les mots doux d'accueil, enchantée, ravie, essayant de retenir auprès d'elle le visiteur ou la visiteuse en débitant sa litanie d'offres de boissons et de petits gâteaux, ne comprenant pas que Lili ne ramène jamais personne à la maison : Tes petites camarades, j'aimerais quand même les connaître, ça me ferait plaisir, ce serait pour moi une façon de participer à ta vie, je ne sais jamais où tu es ni avec qui... Dan, mon dieu, mon prince, mon amour, j'ai tout, tout, tout...

Quand il verra tout à l'heure, quand ils videront le sac à dos et compteront ensemble les billets, les gros billets de Momm qui sera obligée de taire leur disparition vu que personne, c'est sûr et certain, ne se doute jusqu'à présent, n'imagine même qu'elle avait un magot, il faudrait donc qu'elle avoue, mise au pied du mur, le couteau sous la gorge, quel argent ? !, elle entend sa mère hurler dans la cuisine : Quel argent ? ! Tu rêves ! Avant de traiter ma fille de voleuse... Menaçant d'appeler son expert à la rescousse pour entreprendre des démarches, c'est grave, c'est trop grave... Et combien ? ! J'exige que tu me dises combien ! – Cinq mille !, dira Dan époustouflé en la serrant contre lui, heureux, fier d'elle, ou six, sept, huit mille même peut-être, elle n'a pas eu le temps de compter les billets, trop agitée, trop pressée depuis deux jours... l'urgence, quarante-huit heures à peine pour fignoler son plan qu'elle avait préparé début juin, l'expert était là, Vincent, sa mère avait pour la première fois cité son prénom à table en précisant : un bon ami, ce qui signalait qu'une étape avait été franchie depuis son apparition précédente où elle avait annoncé sa venue en le présentant comme l'homme de confiance de Sabine et Paul Meyer, monsieur Untel, il veut bien, vu que je n'y comprends rien et que Paul m'a fait remarquer que je me faisais avoir depuis des années... – Je te demande pardon, Nann, mais je ne suis pas sûre que tes calculs soient bons car il ne va pas t'aider gratuitement, tu penses bien que ces gens-là..., avait dit Momm. – C'est mon affaire. – Là, je m'excuse, mais j'ai quand même le droit... et Nann l'avait repoussée cette fois, fermement, devant ses trois filles, Nann avait dit : Non, tu n'as pas le droit, et on voyait quel effort il lui avait fallu fournir pour arriver à prononcer cette phrase incroyable et scandaleuse que Momm avait avalée tout rond, silence, les filles se regardant en dissimulant mal leur jubilation, complices et solidaires de leur mère, elle aurait, Lili, si la grand-mère avait osé porter la main sur sa fille ce soir-là, elle regardait sa fourchette et son couteau, elle aurait tué la vieille qui devait sentir en les regardant qu'elle n'avait aucune chance, qu'elles étaient toutes les quatre soudées coude à coude contre elle, Nann et sa progéniture dangereuse, avec derrière l'ombre de cet expert qui allait peut-être mettre un terme à ces années où elles se faisaient avoir toutes les quatre ensemble, coulant doucement dans le même rafiot, l'argent, l'argent, et Momm avait au moins un bâton en billets de banque répartis dans plusieurs cachettes astucieuses, il fallait y penser, Lili les avait découvertes une à une, elle avait mis des semaines à les dénicher et il y en avait sûrement d'autres, mais elle n'avait plus le temps, trop impatiente, trop pressée de respirer enfin et de chanter collée au dos de Dan sur le scooter qui peinait un peu dans les côtes, près du talus depuis qu'ils avaient quitté la ville, les champs hauts sous le soleil, tous les verts, jaunissant, paille, et les cerises rouges dans les arbres où on avait laissé les échelles pour reprendre les cueillettes dès le lendemain... demain, demain, Dan, tout, tout, tout...

Quand les jumelles, juste après le départ de leur grand-mère pour l'épicerie, ont vu Lili se glisser derrière un tronc d'arbre plus bas dans la rue, attendre puis sauter à califourchon sur la selle du scooter derrière un type casqué de noir qui s'est à peine arrêté pour la prendre, elles ont convenu d'un signe de n'en parler à personne. De même quand elles ont reconnu moins de dix minutes plus tard l'expert prénommé Vincent sortant de la maison et se dirigeant vers sa voiture, l'air agité, sa mallette à la main, elles ont chuchoté en se regardant gravement : louche, mais motus !, et elles ont entremêlé les doigts de leurs mains gauches puis serré ce poing siamois entre leurs fronts rapprochés, rituel silencieux d'une dizaine de secondes par lequel elles décuplaient leurs forces.

La grand-mère dut le sentir quand elle les vit arriver dans la cuisine où elles demandèrent ingénument si on avait besoin d'elles, offrant leurs services avec des airs de petites filles modèles, elles avaient mis de jolis rubans dans leurs tresses fraîchement refaites, signe pour Momm, la grand-mère, qu'elles avaient dû passer des heures devant la glace. Or, si elle aimait voir les deux petites suivre de temps en temps ses instructions contrairement à Lili qui prenait un plaisir particulier à être éternellement débraillée, les marques de coquetterie excessive lui étaient odieuses. Il y avait d'ailleurs chez ces enfants quelque chose d'insaisissable et de mauvais. Elles étaient fausses, paresseuses, mais surtout fausses, comme leur père, plus elles grandissaient plus on sentait l'atavisme inquiétant, chez les jumelles c'était encore pire que chez Lili, et ce soir elles empestaient le mensonge, les cachotteries sous leurs petites manières de gamines serviables et proprettes, ça sentait le complot, la conspiration. Elle les observait du coin de l'œil en épluchant les radis, assise sur un tabouret devant l'évier, tandis qu'elles vidaient le lave-vaisselle, demandant pour combien de personnes elles devaient mettre le couvert, mais pour cinq, comme d'habitude, vous le savez bien...

Le petit regard qu'elles venaient d'échanger ne lui avait pas échappé, ravivant sa méfiance et, dessous, l'espèce de colère sourde qui s'était réveillée pour la tourmenter depuis le début de la semaine, cette chose ancienne tapie au fond et qu'un rien déchaînait brusquement, une rage sans cause précise qu'elle avait passé sa vie à essayer de mater, d'enfouir, quelque chose d'aussi mystérieux et inéluctable que le péché originel. Elle ne se rappelait pas avoir connu de moments de répit, de vrai répit, même dans les périodes heureuses du passé, c'était là, ça rongeait, gâchait tout. Une sorte de rancœur énorme contre la terre entière, y compris contre ceux qu'elle avait aimés et aimait encore de tout son cœur, ses parents, et Rémi, son mari, ses enfants qui étaient la prunelle de ses yeux, la preuve : quand Nann s'était retrouvée veuve, comme elle, les deux hommes emportés à deux ans d'intervalle à des âges où c'est révoltant de mourir, Rémi à cinquante-neuf ans et Michel à trente-huit ans, l'un bouffé par son cancer, l'autre, l'autre... quand Nann donc s'était retrouvée seule et sans le sou avec ces trois fillettes à élever, à nourrir, elle avait aussitôt volé à son secours, donnant tout ce qu'elle pouvait lui donner, son cœur de mère et sa vie désormais, toute sa vie, son temps, son énergie, son savoir-faire, sa présence, son courage, son amour, sa maison, son argent, tout, tout pour Nann et ses trois filles auxquelles elle citait parfois la grande phrase de l'Evangile dans l'espoir que, comme elle à leur âge déjà, elles en feraient leur devise pour toute leur existence : Il n'y a pas de plus grand amour que de donner sa vie pour ceux qu'on aime.

Les jumelles insistent pour faire la salade, laisse-nous, Momm, repose-toi, ça nous fait plaisir. Elle les remercie, intriguée par tant de gentillesse et contrariée aussi d'être privée de cette préparation car elle aimait pouvoir dire quand on se mettait à table qu'elle avait fait tout le dîner toute seule...

– Me reposer, me reposer, soupire-t-elle, non, je vais rentrer le linge alors. Elle se lève, défait son tablier, regarde la pendule et s'écrie soudain affolée : Eh !, et mon bonhomme, mon Dieu !, en se précipitant dehors.

Les filles l'observent par la fenêtre qui donne sur ce que Momm appelle la partie service du jardin : le cabanon, le garage à gauche, les cordes à linge vaguement dissimulées derrière des buissons couverts en ce moment de fleurs jaunes en forme de petits pompons. Elles la voient gesticuler vers l'ouvrier qui semble en train de ranger ses outils, accroupi devant le cabanon : Mais c'est l'heure, dites-donc ! Il faut vous en aller maintenant, laissez tout ça, partez !, j'ai complètement oublié de vous dire en rentrant...

A l'étage, on entend la porte de la chambre de Nann, celle de la salle de bain puis juste après la douche. Les jumelles s'interrogent du regard et goûtent la vinaigrette en y trempant un bout de pain.

– Je te parie qu'elle descendra pas dîner, dit Violette.

– Et y a du gratin de courgettes en plus.

– Il faudra en manger comme si c'étaient des frites.

Wanda hésite avant de dire oui, puis elles vont ensemble se laver les mains au lavabo du cabinet de toilette, les savonnant et se brossant les ongles avec soin, elles vérifient leur tenue, remontent leurs socquettes, se mettent sur la pointe des pieds pour se regarder dans la glace, pouffent de rire en se donnant des coups de coude et reviennent en sautillant, légères, dans la cuisine où Momm vient de déposer le panier de linge propre qu'elle a plié au fur et à mesure qu'elle le détachait des cordes. Elle transpire, souffle, s'essuie le visage avec le mouchoir d'homme repassé et plié qu'elle a toujours dans sa poche. Les jumelles la regardent. Double grimace de crainte mêlée de dégoût. C'est la chaleur, dit-elle en poussant du pied son panier dans un coin. Puis elle entrouvre le four et leur demande d'appeler leur mère et Lili. Dites à maman qu'on peut s'y mettre. Ça fait bizarre chaque fois de l'entendre dire maman en parlant de sa fille. Et, comme elles s'éclipsent, elle leur dit qu'elles n'ont pas besoin d'y aller à deux, cette manie vraiment, toujours collées ensemble, reste là, toi, et ouvre-moi cette bouteille !

– Mais il faut que j'aille au petit coin.

– Il fallait y penser avant. On se met à table maintenant, ça va être brûlé... Violette, tu restes... Oh ! Je ne peux rien dire, vous êtes toutes, vraiment, toutes les quatre, c'est terrible... Et elle ajoute d'une voix forte en direction de la porte : Mais vous revenez tout de suite alors, que je ne sois pas obligée de monter après pour aller chercher chacune par la main !

Elle soupire, prend dans le tiroir du buffet le bloc sur lequel elle inscrit les heures d'arrivée et de départ de l'ouvrier. Elle note 19 h 15 en s'en voulant de ne pas avoir pensé à le mettre dehors dès son retour de l'épicerie, ne comprenant pas qu'elle ait pu l'oublier. Elle essaie de se rappeler ce qui l'a accaparée à ce moment-là, l'expert évidemment, elle s'était dépêchée de rentrer pour pouvoir le voir ou l'apercevoir au moins quand il s'en irait, lui dire un petit mot, essayer de savoir bien qu'il soit extrêmement réservé et qu'elle fasse attention à rester très discrète, elle espérait qu'il accepterait de prendre un apéritif avant de partir et qu'au fil de la conversation, peut-être pas ce soir, ce serait trop tôt, mais une prochaine fois, elle parviendrait à obtenir de lui quelques tuyaux intéressants. Elle se sentait même prête en remontant la rue à lui demander s'il ne pourrait pas lui donner un rendez-vous, moyennant finances évidemment, pour l'aider à voir plus clair dans ses affaires quand il aurait fini de s'occuper de celles de Nann, lesquelles demeuraient une énigme très préoccupante. Elle n'arrivait pas en effet à comprendre comment sa fille qui avait heureusement trouvé après une formation rapide un poste d'assistante commerciale (terme ronflant selon elle, correspondant à peu près aux dactylos de son temps), comment sa fille qui était loin de gagner des ponts d'or pouvait, après juste trois ans, se mettre tout d'un coup à parler de ses finances.

Certes, la firme qui l'employait était en pleine expansion ce qui justifiait les heures supplémentaires accumulées depuis trois mois et Nann parlait d'une promotion mais tellement vaguement qu'il était impossible de savoir si elle l'avait obtenue ou espérait l'obtenir... Certes on voyait à l'heure actuelle des jeunes sortis de rien faire très rapidement fortune grâce à des spéculations audacieuses et Nann à son travail était sûrement entourée de cette faune sans scrupules qui devait transformer les bureaux en salles de tripot le soir, d'où les fameuses heures supplémentaires... mais Nann avait toujours été d'une naïveté et d'une indifférence déconcertantes face à toutes ces choses. C'était d'ailleurs ce qui l'avait perdue pendant ses dernières années de mariage, car si elle avait fait preuve du minimum de vigilance, joué comme il fallait son rôle d'épouse et de mère responsable, elle n'aurait jamais laissé Michel maintenir le train de vie qu'il menait et lui faisait mener sans s'inquiéter des découverts, empruntant à droite à gauche, n'importe comment et pour acheter n'importe quoi, cette voiture, cette grosse BMW, des sommes folles pour pouvoir la ramener, faire le fou et aller finalement se fracasser contre un arbre, sans avoir bien entendu souscrit aucune assurance-vie ni jamais mis un sou de côté, rien, avec une femme qui n'avait qu'un mauvais bac en poche et trois petites filles... Cette inconscience révoltante, cet égoïsme, parce qu'il comptait évidemment sur les autres, sur elle, sa belle-mère, dont il n'arrêtait pas de dire du mal et de se moquer, il savait qu'elle se précipiterait pour les tirer toutes les quatre du caniveau, les prendre sous son aile, qu'elle remuerait ciel et terre pour éponger le plus rapidement possible ces dettes scandaleuses dont Nann ignorait complètement l'existence...

Ces souvenirs toujours lui chauffaient le sang et elle voulait bien considérer que c'était du passé, que la page était désormais tournée, que l'essentiel était qu'elles s'en soient relativement bien sorties, qu'elles aient pu en tout cas, grâce à elle et grâce à Dieu, trouver assez vite une nouvelle base saine, solide et équilibrée pour appréhender l'avenir avec une certaine joie de vivre, mais si Nann maintenant faisait venir un expert chez elle, c'est-à-dire disposait de sommes assez considérables pour que leur placement prenne en compte, et même à prix d'ami, le paiement d'un professionnel qualifié, cette base même lui semblait ébranlée : Nann riche, cela bouleversait tout et ses pensées angoissées l'entraînaient dans des zones de dangereux marécages où elle se voyait finalement, agonisant toute seule, abandonnée du ciel et de la terre. Son inquiétude se gonflait pendant ses insomnies de soupçons, de calculs, d'appréhensions d'autant plus graves qu'elle n'avait aucun élément concret pour se raisonner ou simplement comprendre. Nann ne lui disait rien, remettait toujours à plus tard la discussion qui s'imposait de revoir et surtout d'actualiser leurs arrangements, car il n'y avait pas de raison qu'elle continue, elle, à se priver, à dépenser tant pour leur assurer tout ce confort, à se démener pour économiser afin que Jean-Loup et Marc, ses fils, ne se sentent pas défavorisés, même s'ils gagnaient très bien leur vie. Elle avait toujours voulu être juste pour éviter les bagarres après sa mort, mais Nann pour le moment engloutissait la plus grosse part du gâteau et elle pouvait, c'était la moindre des choses après tous ces drames, la tenir au courant des modifications de ses finances et admettre qu'elles avaient des conséquences directes sur celles de sa mère dont le souci premier demeurait la prospérité de ses trois enfants. Qu'avait-elle d'autre à faire sur terre depuis la mort de Rémi que de veiller à leur bien-être, les soutenir et les aider tous les trois dans les coups durs ? Quel sens avait désormais sa vie sinon de leur permettre de jouir ici-bas d'une insouciance et d'un bonheur auquel elle n'avait jamais eu droit, ce dont elle ne se plaignait pas d'ailleurs, elle avait été élevée à la dure pour une vie dure, et encore, elle était bien souvent obligée d'admettre qu'elle avait été gâtée :

elle touchait d'assez gros revenus comparés à d'autres et Rémi lui avait donné quelques notions de base et des conseils utiles pour faire fructifier l'argent. Mais depuis plusieurs mois elle se méfiait. Fragilisée d'une part par l'arrivée de l'euro, écœurée d'autre part par l'évolution de plus en plus compliquée des marchés financiers, elle avait vendu une grande partie de ses actions non seulement parce que les fluctuations de la Bourse finissaient par l'empêcher de dormir mais parce que cette institution, depuis que tout le monde se mettait à boursicoter, avait perdu sa respectabilité, subissant à ses yeux une décadence comparable à celle des grands casinos d'antan devenus salles pouilleuses de bandits manchots et de machines à sous.

Elle aimerait un jour en parler à l'expert, avoir son avis là-dessus. C'était le genre de conversation intéressante qu'on pouvait avoir en buvant un apéritif sans craindre d'abuser des capacités des gens, de profiter gratuitement sans en avoir l'air de leur compétence professionnelle... Mais il faudrait pour cela qu'il accepte au moins une fois mon invitation au lieu de me repousser avec ses belles formules courtoises, mes hommages Madame, ou de m'interrompre carrément, l'autre jour il m'a servi ses hommages en plein milieu de ma phrase et je me suis excusée de l'avoir retenu deux minutes à peine en voulant lui ouvrir la porte vu que Nann ne le raccompagne même pas jusqu'au portail, comme s'il était chez lui... Je n'aime pas cette façon qu'il a de me saluer à la militaire ou à l'allemande en prenant ma main, il s'incline, raide, c'est sec, c'est froid, et, avant que j'aie pu lui proposer quelque chose, il me bouscule, se dirige vers l'escalier : Ne vous dérangez pas, je connais le chemin... et il monte ! Je ne sais pas si elle se rend compte de... Je ne sais pas. Jamais Rémi, jamais elle n'aurait, du vivant de Rémi... Et combien de fois je pleure à genoux sur sa tombe ou le soir devant sa photo en l'enviant d'être mort et en lui demandant pardon de laisser faire tant de choses qu'il n'aurait jamais tolérées ! Je me sens coupable alors, comme si j'avais manqué de courage pour défendre son domaine, faire respecter ses lois, moi qui lui avais promis sur son lit de mort de veiller tout particulièrement sur Nann, il sentait sûrement que le malheur la guettait, même si à cette époque-là rien ne permettait d'imaginer, ou du moins moi, et Rémi comme moi, nous n'avions encore aucun élément sérieux pour craindre que Michel, ce n'est pas parce que tu ne l'aimes pas, me disait Rémi... Et on se disputait souvent là-dessus, parce que je trouvais blessant qu'il puisse penser que je n'aimais pas Michel, je n'avais pas d'atomes crochus, oui, mais on n'est pas obligé d'en avoir avec tout le monde, je n'ai jamais pensé qu'au bonheur de Nann, et maintenant, je fais tout ce que je peux pour la libérer de toutes les contraintes matérielles afin qu'elle n'ait rien d'autre à faire que de s'occuper de son travail et de l'éducation de ses filles, son amie Sabine Meyer m'a dit plusieurs fois que Nann avait vraiment de la chance et qu'elle aimerait bien, elle, que sa mère la seconde de temps en temps dans son ménage. Je lui ai dit ce que je dis toujours dans ces cas-là : que c'est normal, que je fais de mon mieux et avec tout mon cœur, alors qu'au fond je sais que je les ai beaucoup trop gâtées, elle et ses filles, en voulant leur alléger l'existence, je leur ai ôté toute volonté de se battre, toute notion de sacrifice, tout ce qui fait que quelqu'un est capable de se prendre en charge pour faire face aux dures réalités de la vie...

Elle soupire, déplie sa serviette et attend en retournant les fourchettes qu'elles ont posées les pointes en l'air bien qu'on le leur dise chaque fois, de même la lame des couteaux doit être dirigée vers l'assiette, elles vont avoir onze ans et elles n'ont pas le minimum de savoir-vivre, elles s'en fichent, tout est fait à la va-vite, cette paresse, et si leur mère au moins leur donnait un peu l'exemple... mais il n'y a rien à attendre de Nann et je ne peux plus, moi, maintenant, c'est trop tard, je peux seulement essayer de transmettre à ses filles les rares fois où elles m'écoutent... Cette chaleur et mon ouvrier qui, ah... Elle éteint le four, appelle encore : Alors, les filles, vous revenez ?

Pas de réponse.

Elles sont entrées dans la salle de bain. Elles ont refermé la porte et mis le loquet derrière elles. Assises sur le bord de la baignoire, elles regardent leur mère se frotter les cheveux avec une serviette éponge bleu-roi, nue devant le lavabo. Elles regardent le corps nu de leur mère, les bouts tout mous de ses gros seins secoués par les mouvements des bras levés, la proéminence broussailleuse roux cendré du pubis, la marque qu'elle a sur la hanche comme si elle s'était cognée, et ses fesses, ses grosses fesses blanches. Nann enfile un peignoir et démêle grossièrement ses cheveux mouillés en leur disant qu'elles devraient descendre, ne pas faire attendre Momm qui les appelle.

– Elle nous a demandé de venir te chercher.

– Je n'ai pas faim.

– Nous non plus.

– Oui, mais vous..., hasarde-t-elle en se mettant des

noisettes de crème sur le front, les pommettes, le menton. Vous, c'est différent, vous êtes en pleine croissance, c'est très important de manger à votre âge.

– Elle a fait du gratin de courgettes.

Nann s'enduit lentement le visage et le cou concentrée sur son image dans le miroir pour gagner du temps, essayer de réfléchir, d'être mère d'abord et une fois de plus, elle pense ça, les deux filles qui attendent en silence tout près d'elle, la supplient tacitement mais obstinément de ne pas les laisser seules avec leur grand-mère qui a fait des courgettes alors qu'elle sait qu'elles ont horreur de ça, c'est-à-dire qu'elle a prévu, programmé pendant tout le temps de la préparation du dîner que le repas se passerait mal, elle voulait donc que ça se passe mal, à cause de Vincent bien sûr, chaque fois qu'il vient elle le lui fait insidieusement payer en se vengeant sur ses filles, Lili a dû le deviner et s'enfuir à temps, à moins qu'elle soit revenue...

– Et Lili ?, demande-t-elle.

Les jumelles haussent les épaules en fixant leurs chaussures.

Momm appelle dans l'entrée : Lili ! Nann ! Les filles ! A table, mes chéries ! C'est prêt, voyons ! D'une voix aiguë, gentille mais agacée. Nann regarde les fillettes qui se sont imperceptiblement rapprochées l'une de l'autre, leurs yeux toujours baissés, fuyants. Elles entendent Momm monter lentement l'escalier, s'arrêter, souffler, les appeler encore mais plus faiblement. Et, comme si elles pouvaient voir, à travers les grandes serviettes bariolées pendues aux crochets fixés sur le haut du battant, son visage souffrant, son air implorant et craintif d'animal blessé désespérément agrippé à la rampe, elles se regardent toutes les trois, coupables, anxieuses, et Violette se faufile alors jusqu'à la porte, soulève le loquet, ouvre.

Elles se font face pendant quelques secondes : Nann les deux mains posées sur les épaules de ses jumelles serrées contre elle sur le palier et la grand-mère, au tournant de l'escalier une dizaine de marches plus bas, essoufflée, un torchon clair sur l'épaule, une main sur son cœur, l'autre sur la rampe, pensant : Et mon gratin, et qu'est-ce qu'elles faisaient à trois dans la salle de bain, et comment Nann peut-elle, toute nue sous son peignoir entrouvert, et on me fait monter, moi, moi qui n'ai jamais accepté que mes enfants pendant ma toilette, tout ce mal que je me suis donné, j'ai dû retourner exprès pour acheter du râpé pendant que l'expert s'en allait sans dire au revoir, sans m'attendre, et l'ouvrier qui en profitait pour faire du zèle, et toutes les trois là, remontées contre moi...

Nann pousse ses filles : Allez-y, je m'habille en vitesse et je vous rejoins.

Elles se précipitent dans l'escalier, se faufilent entre

le mur et leur grand-mère, posent leurs mains sur ses hanches, ses bras pour l'aider à faire demi-tour et à redescendre, doucement, Momm, attention...

– Ah non ! Fichez-moi la paix !, râle-t-elle en leur envoyant des coups de torchon.

Nann s'habille rapidement, pour ne pas laisser trop longtemps les jumelles seules avec sa mère et le plat de courgettes sur la table, on mange de tout, ne faites pas de caprices, vous êtes grandes maintenant, c'est des vitamines... quant à Lili, je devrais peut-être, mais pour le moment l'urgence est en bas, ça recommence, pas le temps de me laisser aller, impossible de me coucher, de penser, me souvenir, rêver, le nez dans l'oreiller où son odeur encore, cette nuit ce sera trop tard et c'est trop tard, elles me bouffent, me tirent, me ligotent, elles me pompent, je n'ose même pas le lui dire, il en sait déjà trop, il les a vues, entendues, il a été obligé de la saluer en arrivant vu qu'elle s'est précipitée dès qu'elle a entendu la cloche du portail, elle voulait le voir, lui parler, le renifler, et peut-être qu'il n'a pas pu s'en aller non plus sans la croiser, elle a dû se dépêcher de rentrer pour l'attendre sur le trottoir ou en bas de l'escalier comme la dernière fois : Tout s'est bien passé ?, vous commencez à y voir clair ?, vous avez l'impression qu'elle pourrait parce qu'il n'y a pas de raison de faire de cadeaux au fisc et si elle arrivait à mettre un peu de côté... c'est merveilleux pour elle que vous acceptiez de l'aider et vraiment je vous remercie, si, si, je vous remercie parce que je sens bien que ce soutien que vous lui apportez... Voyez-vous, ce qui manque dans cette maison, c'est un homme, les papiers et le reste, les petites qui sont maintenant à des âges... c'est très lourd pour une femme seule, et si jeune, si jeune, elle n'avait aucune expérience quand son mari, ah cette tragédie !, est-ce que je peux vous offrir un apéritif ?, vous ne voulez pas rester dîner avec nous ?... Si seulement elle pouvait partir, me laisser souffler, accepter l'invitation de sa sœur d'aller passer dix jours chez elle à la campagne, et moi toute seule, enfin seule ici, les filles ailleurs, comme la première fois, il viendrait, il resterait alors peut-être, toute la nuit, on pourrait dîner tard dehors ou manger au lit la porte ouverte et parler...

Mais peut-être pas. Rien n'est sûr, pas un pouce de certitude en vue le concernant, aucun projet qui tienne, même une chose aussi simple qu'un rendez-vous, c'est difficile, ça dépend de tellement de choses... Chacun a ses obligations, les espaces de liberté ne se recoupent que rarement, car si rien n'est inscrit sur la page de l'agenda, c'est gravé ailleurs et indicible généralement. Il utilise souvent le mot disponible et elle parle d'essayer de se libérer. Ce qui veut dire qu'elle le fera, à n'importe quelle heure et n'importe où, elle viendra et même si c'est très court et bâclé, dans sa voiture ou dans une chambre d'hôtel, elle y sera avant lui bien souvent, il le sait, c'est ce qui lui permet de ne jamais rien lui promettre, je préfère t'appeler quand je suis sûr qu'on peut se voir plutôt que pour décommander, dit-il et elle convient que c'est une sorte de délicatesse à son égard. Il est très pris, son travail, ses voyages, son sacro-saint footing, et le besoin d'être quand même de temps en temps chez lui... pour y faire quoi ?, pour y recevoir qui ?, un trois-pièces, avait-il dit une fois où il était exceptionnellement loquace, c'est grand, c'est trop grand, plutôt vide, elle n'y était jamais entrée.

Ils s'étaient rencontrés à la fête des cinquante ans d'Antoine Revol, avec lequel il travaillait et jouait au tennis en été, elle, c'était plutôt Claude Revol qu'elle connaissait et encore, connaître... Il était sur le balcon, c'est-à-dire dans le fumoir, disaient en riant ceux qui n'y allaient pas, mi-février, il faisait froid. Ils se sont rencontrés comme ça, dans la pénombre, au fil de cigarettes rapidement fumées en grelottant par moins trois ou moins cinq degrés, elle avait mis son manteau, lui, il avait remonté le col de son veston et ils piétinaient, la cigarette dépassant juste de leurs manches qu'ils avaient tirées sur leurs mains. Ils écrasaient le mégot dans la terre gelée des pots de fleurs, rentraient, se perdaient de vue apparemment, se retrouvaient un quart d'heure plus tard dehors, l'envie de fumer semblait être aussi forte pour l'un que pour l'autre ce soir-là. Ils n'étaient d'ailleurs pas les seuls. C'étaient à peu près les mêmes qui revenaient sur le balcon, quatre ou cinq suffisamment bavards pour leur permettre de se taire ou de ne pas se parler directement, sauf à la fin, vers minuit : encouragée ou peut-être seulement détendue par plusieurs cocktails, elle lui avait demandé s'il connaissait un endroit plus chaud où ils pourraient fumer ensemble, assis, elle avait mal aux jambes. Il l'avait regardée longuement, songeur, hésitant, puis il avait proposé sa voiture qui était froide bien sûr mais en roulant... Et ils avaient roulé en silence, sans même penser à fumer, sans rien dire, sans rien faire que lui conduire et elle regarder la lumière des grands phares devant. Restes de neige sur les bas-côtés de la route, bancs de brouillard, bois noirs entre les champs pâles, les villages affaissés dans la nuit claire et glacée, jusqu'à ce qu'il lui demande où elle habitait, mais il avait fait encore une bonne dizaine de kilomètres avant de se décider à rejoindre l'autoroute déserte et d'accélérer, elle voyait l'aiguille trembler sur le 200 et son profil impassible, ses mains calmes sur le volant...

Dès le lendemain, alors qu'ils prenaient leur petit déjeuner à la cuisine, elle lui avait dit que c'était exceptionnel qu'elle soit seule, elle avait fini par le lui dire : ma mère et mes filles, douloureusement. Elle l'avait dit.

Les avant-bras serrés sur son ventre, elle regardait ses poignets, ses doigts qui, en touchant tranquillement le sucrier, la brique de lait, le bol, effleuraient en elle les bordures palpitantes et gonflées d'orifices secrets, nombreux, dont il lui semblait n'avoir jamais eu connaissance avant ces étreintes désordonnées de la nuit et du petit matin, jouissances drues, inachevées, pour elle du moins, de sorte qu'elle avait de lui une faim à son début tandis qu'il était rassasié et se demandait sans doute pourquoi elle s'était mise à évoquer sa mère en séjour chez son frère, ses filles en week-end chez des amis, et cette maison qui n'était pas la sienne. Mais au lieu de lui dire qu'il s'en fichait, ne voyait pas en quoi son histoire pouvait le concerner vu qu'il n'avait pas l'intention de donner suite à leur rencontre, il se taisait, tournait sa cuillère dans son bol de café tiède où le morceau de sucre tardait à se dissoudre, la laissant patauger dans quelque chose de poisseux, un liquide sombre renversé sur un tissu fragile, une tache en train de s'étendre, ce petit aveu dans le silence : ma mère et mes filles...

Il avait bu son café, reposé le bol et s'était mis à tripoter son briquet jetable jaune, le pouce allant et venant lentement sur la roulette sans produire d'étincelle. Grattement désagréable des petites dents contre la pierre. Puis il y eut une longue flamme brève dans le soupir chuintant du gaz et il avait reculé sa chaise, croisé les jambes, joint ses mains sur sa nuque. Il lui avait souri en la regardant longuement, disant peu après en lui touchant les cheveux : Je n'avais même pas remarqué qu'ils étaient roux... Tangage dans un trou d'air... comme un léger changement de lumière, de température... basculant alors de nouveau dans ses bras où la cuisine, la maison et l'hiver s'effondraient sans bruit au fur et à mesure que ses caresses l'emportaient loin, loin de sa mère et de ses filles même, vers quelque chose d'elle qu'elle avait perdu sans jamais en avoir éprouvé le manque avant lui, et c'était ça qui la faisait courir dès qu'il l'avait appelée, cet espoir qu'il allait cette fois-là peut-être le lui rendre, le lui donner, si seulement elle avait pu savoir ce que c'était... ça qui rendait l'attente si terrible, le tourment si cruel quand plusieurs jours, douze en avril, s'écoulaient sans qu'il se manifeste... Et même s'il demeurait silencieux et distant, de plus en plus impénétrable, même si son désir de lui était essentiellement source de souffrance, cette quête d'un bien innommable et flou qu'il était seul en pouvoir de lui restituer... mon bien suprême, murmure-t-elle en souriant à son reflet dans le miroir, les coudes levés, tirant entre ses doigts ses lourds cheveux vers l'arrière. Elle s'est rapprochée et fixe intensément ses yeux écarquillés, gris-vert, pailletés et cependant éteints... même si, même... même... Ses mains descendent lentement sur son visage figé, écrasent les joues, forcent la bouche à s'ouvrir dans l'autre sens, les lèvres laides, tordues... Elle les lâche, recule en se regardant toujours droit dans les yeux mais comme si c'étaient ceux de quelqu'un d'autre, des yeux terreux, fatigués, bêtes, ceux d'un grand singe assis contre le mur carrelé au zoo.

Elle changera à peine d'expression pendant le dîner que les jumelles veilleront à égayer en racontant leur journée en détail et en acceptant de manger deux cuillérées de gratin pour apaiser leur grand-mère irritée par l'attitude pénible et déconcertante de sa fille : Tu es fatiguée, quelque chose te contrarie, je le sens... Lili ?...

– Non, non.

– Des problèmes au travail ?...

– Comme d'habitude.

– Ou est-ce à cause de la visite de ce monsieur... ?

Nann la regarde, attentive tout d'un coup. Les petites échangent un coup d'œil et s'incitent sans un mot à la prudence. Momm baisse les yeux en relevant haut ses sourcils et continue en tripotant son collier : Je ne sais pas... j'essaie de m'expliquer cette espèce d'agressivité que tu as après ses visites... est-ce que c'est parce qu'il n'arrive pas à... ?

– A quoi ?

– A... Elle se trouble, bat des cils, pointe les lèvres et reprend contenance en cherchant son mouchoir dans sa poche. A... à te conseiller comme il faut... (elle s'essuie discrètement le nez) à trouver des combines intéressantes pour tes placements... puisque c'est de ça qu'il s'agit, n'est-ce pas ?

Nann sourit, songeuse : C'est très compliqué, dit-elle.

– Il va revenir alors ?

Elle hausse les épaules en secouant imperceptiblement la tête, les yeux vagues et la bouche remontée, l'air de dire que c'est une question idiote. Sa mère s'agite, propose du fromage et, comme personne n'en veut, elle permet alors aux filles d'aller chercher des yaourts et les cerises de monsieur Fisch à la cuisine.

Restée seule avec Nann, elle lui dit qu'elle ne comprend pas, qu'elle a beau essayer, ou alors c'est que je suis trop vieille, elle se frappe le front, complètement en dehors du coup, c'est possible, mais il me semble que s'il veut bien t'aider, tu devrais... c'est formidable tout de même d'avoir quelqu'un, un homme qui, un expert en plus !, qu'est-ce que je ne donnerais pas, moi... !

Les filles reviennent et choisissent des cerises

doubles ou triples dans le compotier pour les oreilles de chacune, sans insister quand leur mère les repousse et quitte la table pour aller fumer une cigarette dehors.

Par la porte-fenêtre ouverte du séjour, elle les entend s'amuser toutes les trois à compter les noyaux dans leurs assiettes en récitant à toute vitesse : Fille, femme, veuve, religieuse, bonne de curé, fille, femme, veuve... les jumelles ont le droit d'en manger encore une, non, encore deux, pour ne pas devenir plus tard religieuse, bonne de curé, fille, elles hésitent, trichent. Des hirondelles fendent en piaillant une partie déjà mauve du ciel.

– Allez, c'est tout, là !, s'écrie Momm, « femme » et on s'arrête, c'est la dernière ! Vous allez avoir la colique après... Elles pouffent de rire, sottement. Ça suffit, je les enlève maintenant, il faut quand même en garder pour Lili... !

Ce bonheur de rouler, de sentir à chaque kilomètre l'excitation du départ se muer en une sorte d'ivresse de plus en plus douce, comme le soleil se voile, grandit en descendant sur les forêts mousseuses et donne au ciel une profondeur. Leurs corps vibrent ensemble, pareillement bercés, leurs pensées suivent le même cours sous les casques jumeaux, elle a accepté de mettre le sien mais en enlevant la visière quand ils ont pris de l'essence et acheté des bâtons de chocolat fourrés à la fraise de sorte que c'est aussi le même goût qu'ils ont à présent dans la bouche, la même soif sans doute et la même conviction que ce serait idiot de perdre du temps en s'arrêtant pour boire, ils attendront d'avoir trouvé un endroit pour dormir et une cabine aussi pour appeler, avoir la paix au moins jusqu'à dimanche, ne pas risquer que Momm lui mette les flics aux trousses, Dan est majeur depuis trois mois, mais elle...

De temps en temps, elle respire ses doigts qu'elle a trempés dans le deux-temps en faisant le plein, voulant donner à cette odeur si vite évaporée une autre histoire, un contenu nouveau : ce serait désormais leur voyage de ce soir, cet accord parfait entre eux, le poids de son sac à dos, les attaches rompues, tous les visages connus pâlissant, engloutis dans la ville qui se trouve déjà à cinquante-deux kilomètres derrière eux. A chaque fois qu'elle lit le nom et la distance sur les panneaux, quelque chose d'étonné et de joyeux tressaille en elle, elle calcule, file à vol d'oiseau vers la côte, s'élance déjà dans la mer qu'ils devraient, à ce rythme-là, apercevoir dès demain soir, et elle serre les cuisses de Dan entre les siennes, s'appuie doucement sur lui en caressant ses flancs, murmure des mots qu'il ne peut pas entendre, comme un cavalier félicite et encourage sa monture... Dan, Dan... Elle n'a jamais été aussi gaie, gonflée de vraies promesses dont la réalisation était à portée de sa main tendue et non plus perdue dans les étoiles, constamment repoussée à la Saint-Glinglin, la spécialité de sa mère qui avait lentement viré de bord ces derniers mois, les lâchant, c'est-à-dire les ligotant toutes les trois encore plus serré mais sans avoir aucun effort à faire ni rien à se reprocher, sauf quand elles se plaignaient, elle se mettait à pleurer pour la forme alors, leur demandait pardon en disant que tout était de sa faute, reconnaissant ses torts, les torts qu'elle leur faisait en donnant carte blanche à Momm sous prétexte qu'elle était très occupée par son travail où elle espérait une promotion, sa chance, la chance de sa vie, les filles n'avaient pas le droit de la lui gâcher, elles devaient l'aider, être patientes, la soutenir, c'est-à-dire faire des sacrifices, elles aussi, des petits sacrifices, tout ça leur serait bientôt rendu au centuple... mais quand, bientôt, quand ?...

Elle les voyait toutes les quatre, Momm, sa mère et les deux petites, attendre béatement à genoux un signe du ciel en marmottant des prières, indifférentes à la coulée de boue déferlant sur la maison, en ce moment peut-être, et l'image de leur ensevelissement brutal lui procurait une satisfaction aiguisée par la conscience d'être vraiment et enfin vivante maintenant sur le scooter de Dan qui l'emportait vers la mer... Sauvée, échappée, la seule à avoir su, deviné le danger, eu le courage de quitter à temps le rafiot pourri en pensant à prendre le nécessaire et l'argent, la seule à garder les pieds sur terre, bien que Momm prétende toujours que c'est elle, la seule, mais c'est une autre terre aride et dure, une terre où ne poussent que des chardons entre les pierres, une terre fermée avec des barrières hautes, solides, dont on confie la réparation à un type qui...

L'ouvrier, le mercredi soir. Comment elle l'avait soudain découvert reflété dans la grande vitre du séjour vers laquelle elle venait de se tourner pour s'y voir tout entière. Elle s'était assise sur la terrasse avec ses devoirs au soleil, avait roulé ses manches courtes sur ses épaules et son t-shirt sous sa poitrine, elle avait posé ses pieds sur une chaise, enduit ses jambes et ses bras nus de crème solaire, relevé ses cheveux comme on le fait quand on se sait toute seule. Momm à la cuisine et les petites absentes. Ce coup en découvrant brusquement dans la vitre l'homme debout près du cabanon, à cinq ou six mètres derrière elle, tourné vers elle, un homme sombre, baraqué, en débardeur noir, en train de s'essuyer les mains avec un chiffon qu'il imbibait d'essence en se penchant vers le bidon posé sur le bord de la fenêtre à côté de lui – l'odeur alors –, apparemment concentré sur le nettoyage de ses doigts et de ses poignets tachés mais elle sentait qu'il la regardait par en dessous et depuis plusieurs minutes sans doute, il avait dû l'observer, caché, pendant qu'elle se mettait de la crème solaire, dénudait son ventre et choisissait ses barrettes dans sa trousse pour attacher ses cheveux. Son cœur battait partout, de rage et de l'envie pressante de respirer l'essence, de pouvoir dès qu'elle aurait le champ libre courir vers le bidon et renifler ça aussi longtemps qu'elle le voudrait... une envie si forte, si douloureuse, qu'elle avait appuyé ses poings sur son ventre, fermé les yeux, inspiré profondément et retenu son souffle le plus longtemps possible, comme si elle avait pu happer malgré la distance de très faibles effluves issues du bidon, d'une goutte s'évaporant dans l'herbe, du chiffon ou même de la peau du type qui devait luire maintenant et sentir fort et...

Elle avait repris sa position initiale en ouvrant un livre au hasard, tranquillement, comme si elle ne s'était pas rendu compte de sa présence, essayant de se souvenir si on avait parlé d'un ouvrier au dîner la veille ou au petit déjeuner, mais elle n'écoutait jamais les conversations à table, elle ne guettait que le moment propice pour déguerpir. Le lycée, les devoirs et le bac tout au bout lui fournissaient des excuses indiscutables qui la dispensaient aussi de mettre le couvert, de débarrasser, d'aider à la cuisine, choses qu'on avait le droit d'exiger d'elle, à son âge. Mais ta scolarité et ton bac d'abord, c'est très important, va, va vite et tâche de ne pas te coucher trop tard... Elle se mordillait les ongles, l'oreille tendue en direction du cabanon où tout lui semblait anormalement silencieux, elle se demandait ce qu'il faisait, où il en était, s'il avait pu partir sans qu'elle l'ait entendu, et surtout s'il avait bien laissé le bidon à sa place sur le bord de la fenêtre... Elle s'était retournée vers la vitre et, tandis qu'elle le cherchait dans l'image reflétée en s'attardant sur l'arbuste, la haie récemment taillée, la porte grande ouverte du cabanon et son intérieur noir, le visage de sa grand-mère lui était apparu, penché comme celui de l'homme juste avant, de façon à pouvoir, sans bouger la tête, par un simple mouvement des paupières au-dessus des demi-lunes de ses verres de lunettes, se concentrer sur son ouvrage ou regarder par la fenêtre en catimini, c'est-à-dire épier sans en avoir l'air ce qui se passait dehors...

Peut-être Momm avait-elle tressailli en baissant aussitôt les yeux quand elle s'était tournée vers la vitre, la première fois aussi, elle devait déjà être là, la première fois... tressaillant donc et gagnant quelques secondes, car Lili avait mis quelques secondes pour passer de l'autre côté du reflet de l'ouverture noire du cabanon, entrer dans la pièce, aller jusqu'au fond, jusqu'au grand fauteuil (l'impression que c'était à la fois très lent et très soudain) où Momm avait dû s'asseoir sans un bruit, mais quand exactement ?... Elle, dans le grand fauteuil placé face à la fenêtre, assez loin cependant pour pouvoir jouir de la pénombre, sachant très bien que du dehors on ne voit rien derrière les reflets d'une vitre le jour, qu'on peut à peine deviner ce qui se trouve à l'intérieur de la pièce où on est protégé, à l'abri... Peut-être qu'elle s'était installée là pour surveiller le type à son insu et, quand il la regardait en se frottant les mains avec son chiffon imbibé – l'odeur, ce désir pressant, cette espèce de faim... –, quand donc il regardait Lili moins de trois minutes plus tôt, il aurait pu lui aussi la voir de l'autre côté de la vitre, au fond, voir le visage de Lili comme posé sur celui de sa grand-mère, ce qui devait donner quelque chose d'assez étrange, hideux... mais c'était impossible, il était trop loin et ne regardait d'ailleurs peut-être même pas la vitre, regardait peut-être vraiment son chiffon et ses doigts où les taches s'effaçaient peu à peu sous l'action de l'essence, sa peau tout imprégnée maintenant tandis qu'elle avait mal de devoir attendre pour courir enfin jusqu'au bidon et s'en mettre, s'en frotter, y tremper ses cheveux, en boire même tant cette envie la brûlait, grattait, tirait sous le nombril, répandait des picotements sur ses cuisses et ses fesses qu'elle contractait en se mordant les lèvres, sans cesser de fixer sa grand-mère, se demandant si celle-ci oserait lever franchement les yeux vers elle ou si elle finirait par fourrer son ouvrage dans la corbeille, ce qu'elle fit évidemment : enlevant ses lunettes, posant sa reprise à côté d'elle, elle s'était levée en évitant bien de regarder vers la fenêtre, elle s'était dirigée vers la porte qui donne sur l'entrée comme si on avait sonné, à petits pas pressés, en se dandinant, une main remettant la ceinture de sa robe bien à sa place sur sa taille épaisse, l'autre tâtant sa mise en plis au-dessus de sa nuque, elle avait quitté la pièce.

Toujours face à la vitre, elle avait fermé les yeux, concentrée sur la contraction soutenue de ses muscles pour éviter des fuites, par le bas, par le haut, ses intérieurs comme de grands morceaux de foie cru tremblotant au bout de la fourchette de Momm, levés entre l'assiette et la poêle. Tu l'avais vu, c'est pour lui que tu as allongé tes jambes au soleil et remonté tes manches encore plus haut et dénudé ton ventre et attaché tes cheveux... Non, non, jamais rien qui pourrait révéler qu'elle était là, voyait tout depuis son grand fauteuil, la main gauche serrée sur son œuf à repriser que son aiguille heurtait tandis que son cerveau devait convertir les mots : allonger devenant exhiber, cheveux provocation, son ventre quelque chose d'innommable et le soleil devenant l'homme...

Mais Dan maintenant, c'était lui qu'elle voulait voir se dresser dans l'odeur du deux-temps déjà évaporée et recouverte de senteurs d'herbes, de fumier, de fleurs sauvages ou de poulailler, d'eau stagnante dans les fossés pleins d'orties. Il y avait des oiseaux, des chevaux, des enfants qui agitaient les bras vers eux et elle leur répondait en riant. Il suffisait de partir, il suffisait de monter sur un scooter avec Dan pour que le monde se révèle tel qu'elle l'avait parfois lu dans les livres, accueillant et beau. La campagne qu'elle avait toujours trouvée si laide et si ennuyeuse lui semblait ce soir un de ces paradis anglais offrant mille recoins verdoyants et secrets, les coquelicots fragiles au bord des champs, les vaches, les roses en cascade sur une façade, des canards ou des oies dans une cour, des vieux tassés sur des bancs, des vieilles arrêtées sur leur seuil, un chat maigre, un verger où séchait une grande lessive claire, puis des prés de nouveau ondulant presque bleus sous la lumière plus dense, la vitesse lui convenait, elle avait le temps de voir, de sentir et d'entendre aussi, malgré le casque et le moteur, des appels, des aboiements, des tracteurs, elle regardait le ciel en espérant que ça resterait comme ça au moins jusqu'à la tombée de la nuit parce que s'ils s'arrêtaient maintenant elle ne pourrait rien lui dire, elle ne pourrait peut-être même pas le regarder, elle avait des larmes partout et de plus en plus soif et un peu froid aussi.

La nuit est presque tombée. Nann arrose le jardin. Les jumelles n'ont pas encore éteint leurs lampes de chevet. Lili ne rentre pas. Momm vient d'être interrompue dans ses comptes par un appel de sa sœur insistant pour qu'elle vienne la rejoindre dès lundi à la campagne, ce qu'elle ne pouvait pas lui promettre, ça dépend de l'organisation d'ici, lui a-t-elle dit, tu comprends, toi tu es libre, tu n'as pas d'obligations, mais moi je ne peux pas, je suis quand même tout aussi responsable... C'est ce qu'elle dira peu après à sa fille quand celle-ci l'éclairera enfin sur l'absence de Lili en décrétant à tout hasard : Elle est à un anniversaire.

– Quel anniversaire ?

– Ne t'en mêle pas, s'il te plaît, j'ai convenu avec elle...

– Je te demande pardon, mais je suis tout aussi responsable et j'ai quand même le droit de savoir où et avec qui Lili qui n'est pas majeure, je te le rappelle, même si tu as l'air, comme elle, de vouloir brûler les étapes...

– Il n'y a que moi qui sois responsable de Lili, dit-elle d'une voix que la pluie fine du jet d'eau adoucit, frissonnant comme si elle venait d'entrevoir les conséquences concrètes de cette phrase qu'elle n'a formulée que dans l'intention d'écarter d'un seul coup sa mère et le souci éventuel qui la tourmentera bien à temps si Lili n'est pas avec ses amies, un accident, quelque chose...

– Bien, bien, dit sa mère en s'essuyant le cou avec son mouchoir d'homme, je ne veux pas me mêler de vos affaires, mais la prochaine fois je trouverais ça gentil qu'on pense à me prévenir quand je prépare le dîner parce que bientôt on me fera faire à manger pour cinq et je me retrouverai à table sans personne... Enchaînant rapidement sur un ton plus soucieux : Je viens d'avoir Jeanine, là, et elle insiste pour que je vienne...

– Ah oui, c'est vrai que tu voulais aller la voir ces jours-ci...

– Je voulais... je... mais je ne peux pas, contrairement à ce qu'elle croit, tout laisser tomber d'un jour à l'autre, elle m'attendait dimanche, elle...

– Et lundi ?...

– Lundi ! Mais ce n'est pas du tout ce que je...

– Tu pourrais, lundi après-midi...

– Tu as une façon, Nann, je t'assure... Je ne sais pas si tu t'en rends compte mais en fait chaque fois que ce monsieur vient pour t'aider, je l'ai remarqué, et tu ne me dis rien d'ailleurs... Ça ne me regarde pas évidemment, je respecte tout à fait qu'il y ait des choses...

– Oui et je t'en suis très reconnaissante.

Sa mère bougonne, perplexe, et commence à couper avec un sécateur les fleurs fanées de géraniums-lierre débordant des vasques disposées symétriquement aux angles de la terrasse.

Elle se demande, en arrosant plus loin les marguerites, comment la ramener très prudemment vers ce train à prendre lundi. Elle se souvient de la trame des bons scénarios, ceux qui fonctionnent, réussissent à coup sûr mais exigent un temps et une patience infinis, une énergie qu'elle n'a plus. Quand elle essaie de se remémorer ces cinq années passées sous le toit de sa mère avec ses filles jusqu'à l'irruption de Vincent dans sa vie, elles lui semblent avoir déjà la même consistance que les douze précédentes passées avec Michel, elles les ont rejointes, s'y sont collées en formant juste un renflement dans la baudruche ambrée : dix-sept années agglutinées maintenant, une seule masse gélatineuse avec quelques grumeaux sombres qui eux aussi se diluent peu à peu, toutes ces blessures, ces rages impuissantes, ces gesticulations solitaires, courses exténuantes, doigts meurtris à force de gratter, de s'agripper, chutes, larmes, cris, comme des petites bêtes pitoyables gigotant dans le magma translucide, solidifiées pour la plupart, fossilisées à présent dans des poses grotesques, elles pâlissaient inertes, dégageaient encore une vague odeur de viande avariée, mais ça aussi ça passait, ou on s'y habituait, on s'habituait à tout, on s'arrangeait, supportait ce qu'on prétendait insupportable, acceptait, se soumettait, en se blindant contre les regards méprisants et dégoûtés de plus jeunes qui rêvaient encore, s'imaginaient et croyaient sincèrement même qu'il y avait d'autres voies possibles, qu'il suffisait d'un peu de courage, de volonté, parce que si c'était ça, la vie, ce n'était vraiment pas la peine...

– Oh, ce n'est pas tellement ça..., dit sa mère enchaînant sans qu'elle ait besoin de faire aucun effort pour retrouver le fil de leur dialogue, car elles se parlaient apparemment. Jeanine m'attend pour refaire tous ses placards, il faut tout vider, tout nettoyer à fond, parce qu'elle a des charançons, c'est pour ça que ça presse, elle a dû jeter des paquets entiers de chapelure, de riz, de noisettes pilées, ça fait vraiment mal au cœur, il y en avait même dans son bocal de semoule dont elle ferme toujours très soigneusement le couvercle...

– Oui, et toute seule évidemment...

– C'est ce que je lui ai dit. A deux, ce genre de corvées... (Nann tire le tuyau d'arrosage vers le robinet qu'elle ferme.) J'avais pensé y aller mercredi ou jeudi mais si tu dis que tu préfères ne plus m'avoir dès lundi et que vous vous débrouillez très bien sans moi, ce qui me fait tout de même un drôle d'effet, je ne te le cache pas... (Nann réenroule grossièrement le tuyau.) Tu ne l'as peut-être pas dit comme ça, continue sa mère en maniant à présent son sécateur dans les plates-bandes, mais j'ai très bien entendu ce que ça voulait dire quand tu m'as de toi-même poussée à partir lundi... Courbée en deux, elle attrape les têtes fripées et mouillées des œillets d'Inde qui restent collées à ses doigts quand elle les jette dans le seau.

– Eh bien jeudi si tu préfères, dit Nann en s'avançant vers la terrasse. Il fait déjà très sombre. Elle allume la lanterne et s'assied à moitié sur la table, tournée vers le jardin où les fleurs se trempent de vert bleu nuit. Lasse et indécise comme toujours à cette heure d'entre-deux, dix heures probablement, c'est trop tôt pour se coucher, trop tard pour ressortir, encore que...

Elle dit en se frottant les bras : On a le temps d'y réfléchir, on pourra en reparler demain...

– Tu t'en vas ? !... s'écrie sa mère en se redressant, affolée, le sécateur en l'air, les yeux blessés par la lumière de la lanterne.

– Non, non..., se détournant pour ne pas voir le remous de soulagement, de satisfaction, de triomphe peut-être qui ramollit en ce moment même les chairs un instant figées de son visage cireux sous cet éclairage. Non, non, pourquoi, pas du tout..., continue-t-elle en secouant la tête et en se laissant tomber sur une chaise.

– Ah bon, j'ai cru... parce que ce serait tout à fait possible, c'est ton droit d'ailleurs, c'est normal que tu aies envie de t'amuser dehors le vendredi soir avec d'autres plutôt que de rester ici avec moi, ça n'a pas grand intérêt, je le sais, c'est pour ça que je ne te retiens pas, à ton âge, je n'ai plus rien à dire et j'aimerais tellement que tu te détendes un peu...

Le bruit du sécateur attaquant les rosiers maintenant. Elle reste là, les pieds sur le bord de la chaise, enserrant ses genoux de ses bras, se demandant ce que c'est, pourquoi elle ne peut pas se lever pour s'enfuir sans un mot, comme Lili... Tu peux très bien, continue sa mère, tu peux très bien partir... Comment elle sait lui ouvrir la porte juste après lui avoir coupé les jambes, comment elle sait les lui couper, les jambes, les tendons sectionnés d'un petit coup de sécateur au passage dans la seconde précédant la contraction des muscles, elle ne se rappelle pas avoir bougé ni fait un mouvement en direction de la porte-fenêtre ou de l'allée qui mène au portail autrement qu'en pensée, mais à peine, à peine... de sorte que même ça, les pensées, les espoirs, les désirs, même ça, la mère les pénètre, les triture, les saccage en y plongeant ses doigts pour brandir triomphalement dans la lumière de la lanterne la pièce à conviction qui confond le coupable, c'était ça, ça aussi en plus de la terreur de l'abandon, l'effroi et le désespoir d'avoir surpris sa fille en flagrant délit de fuite, de trahison...

– Bon, je vais m'arrêter, je ne vois plus assez clair, là, quelle heure est-il ?... Elle revient, ferme son sécateur et laisse bruyamment tomber son seau. S'il n'est pas encore dix heures je pourrais rappeler Jeanine et lui demander..., dit-elle en regardant Nann qui se berce doucement, les pieds sur sa chaise, le menton posé sur ses genoux relevés, et elle ajoute d'une voix plus forte : Ou lui proposer mardi, mardi matin, si jamais elle ne peut pas venir me chercher à la gare lundi... Comme une question hésitante. Nann frémit avant de souffler de côté : Je ne sais pas, c'est à toi de voir...

Sa mère déplie son grand mouchoir beige à liseré et monogramme marron pour s'essuyer les mains : Et puis ça dépend aussi de mon bonhomme, j'ai oublié de le dire à Jeanine. Il m'a certifié qu'il aurait tout fini demain soir mais je ne sais pas... Tu as vu ? Tu as vu la barrière, comment il l'a retapée ?, et l'auvent qu'il m'a fait derrière le garage pour les vélos des filles, tu as vu ?, et toutes les améliorations, tout ce qu'il a enlevé en débroussaillant au fond, et les...

– Oui, je l'ai vu, c'est très bien.

Elle s'assied : Hein ? ! Tu trouves aussi que ça valait

la peine ?... Et je suis soulagée parce que Fisch m'a félicitée tout à l'heure, depuis le temps qu'il râlait sous prétexte que ma barrière cassée... ma clôture ! Il parle toujours de ma clôture, comme si on avait des vaches... Enfin, c'est fait et c'est par lui d'ailleurs que j'ai trouvé ce garçon, je n'aurais jamais pu engager quelqu'un au noir sans être sûre que Fisch... parce qu'il voit tout, surveille tout, depuis qu'il est à la retraite, c'est infernal... Et en ce moment, sous prétexte de m'apporter des cerises ou de la salade, il regarde, je le sens, je sens qu'il en profite pour fouiner dans mes affaires et aller raconter après, il n'a que ça à faire, tout le quartier est déjà au courant, tout le monde sait que j'ai embauché un ouvrier pour me fabriquer un auvent et me réparer ma barrière, l'épicière m'a demandé ce soir s'il en avait encore pour longtemps parce qu'une cliente aimerait l'avoir la semaine prochaine...

– C'est bien pour lui.

– Oui, tant qu'il ne se fait pas pincer... C'est ma seule frousse, parce que je n'ai pas le droit bien sûr et s'il se coupe un doigt ou... Ah, pourvu qu'il ait vraiment terminé tout ça demain soir !

– Sûrement. S'il te l'a dit...

– Oui... Et Jeanine alors... Elle soupire, se lève et secoue sa robe en se dirigeant lentement vers la porte-fenêtre ouverte du séjour, marmonnant qu'elle veut bien éventuellement s'en aller lundi à condition qu'elle ait sa réduction parce qu'elle aimerait tout de même, au prix où sont les trains... Puis soudain : Mais alors si je m'en vais lundi, il faudrait qu'on fasse nos comptes avant ! Ce soir ou demain, si tu as cinq minutes à me donner... j'aimerais quand même qu'on voie...

– Demain, si tu veux, dit-elle.

– Si je veux, si je veux... ce n'est pas si je veux... C'est quand même nécessaire et important pour toi aussi, il me semble... Il n'y a pas que moi qui... parce que même si tu ne me tiens plus au courant de rien depuis que tu te mets par bonheur à avoir des finances telles qu'il te faille un expert pour s'en occuper... Je suis contente si ce monsieur peut t'aider à mettre des sous de côté mais en attendant la vie continue et je dépense, moi, pour vous, tous les jours, je...

– Demain soir, c'est très bien..

– Mais tu seras là ? Tu n'auras pas, tout d'un coup demain soir, comme bien souvent... ?

– Je serai là. On pourra faire les comptes ensemble après le dîner.

– Bon, je vais rappeler Jeanine alors... Aah !

Et elle rentre.

Nann prend une cigarette, s'accoude à la table, déplie son corps engourdi sans pouvoir se détendre, même lorsqu'elle entend par la fenêtre ouverte du salon sa mère convenir avec sa sœur qu'elle prendra le train de six heures douze lundi, mais ma réduction, c'est ça... tu es sûre ?, bon alors disons lundi soir, sous réserve évidemment, parce que même si mon ouvrier arrive à tout finir, c'est-à-dire à ranger aussi, il faut qu'il range et qu'il nettoie, j'y tiens beaucoup, c'est normal, ça fait partie de... mais même, tu sais que moi ici, avec elles quatre, je suis toujours à la merci d'un rien...

Elle essaie de se convaincre que c'est une victoire surprenante qui valait bien le sacrifice d'une soirée dehors... mais où et avec qui ?, Tu peux très bien partir... Dedans, dehors, tout est insupportable sans lui... Et là, anéantie après un semblant de lutte molle, un dénouement satisfaisant bien que la gagnante soit de toute évidence sa mère, à l'entendre s'exciter au téléphone, cavalant, fouettant sur son passage les petites qui mentent comme elles respirent, Lili qui ne fiche rien en classe et dont on ne contrôle même plus les fréquentations, et je ne peux rien dire, moi, je n'ai le droit de rien dire alors que je claque un argent fou, tu verrais tout ce que je dépense pour être traitée au bout du compte... Bon, et tes charançons alors ?

Elle remet sa cigarette dans le paquet et le paquet dans sa poche. La nuit est tellement douce à s'étendre, tellement veloutée que ça fait mal. Tout fait mal. Rester, monter, prendre deux somnifères et sombrer. Ou partir, traîner seule dans les rues animées du centre, entrer dans n'importe quel cinéma... Ou rouler, faire les quarante kilomètres qui la séparent de chez lui pour errer là-bas en passant plusieurs fois en voiture devant ses fenêtres et, si elles sont éclairées, descendre pour les observer cachée sous une porte cochère ou dans un recoin de jardin jusqu'à ce qu'elles s'obscurcissent, les rideaux tirés, les lumières éteintes une à une, et revenir... La pensée du retour, de cette souffrance pendant tout le trajet et toute la nuit après, jusqu'où elle descendait dans son dégoût d'elle-même, plus bas chaque fois, à mendier dans le noir une lueur de vie qui ne la réchauffait même pas, ouvrait au contraire plus grand cet espace frigorifié en elle, boucherie où chacun pouvait venir se tailler son biftek... lui aussi, impitoyable, sanglé dans son mystère, prenant, se servant quand il avait faim, goûlument, s'essuyant et repartant sans un mot, un sourire, une mimique évasive, des baisers taquins pour toute pitance quand elle lui demandait s'il avait d'autres femmes dans sa vie, des enfants, comment c'était chez lui et si ses parents, sa mère, des frères et sœurs et toutes ces choses banales qui donnent l'illusion d'une épaisseur, aident à comprendre... Ce qu'elle avait appris de lui par sa bouche, c'était qu'il courait deux fois par semaine dans le bois, trois s'il le pouvait, qu'il s'endormait souvent devant la télé le soir, prenait beaucoup l'avion à cause de ses affaires, parlait quatre langues et quoi ?... Une émission qu'il avait vue, un article qu'il avait lu, sa fascination pour les coureurs de marathon, quelques souvenirs de voyage, des anecdotes, des réflexions sur le dopage, le réchauffement de la planète, une grève... Rien. Rien que des mots suffisamment accumulés pour lui permettre d'affirmer qu'il lui parlait beaucoup... et elle, caressant sa bouche : Oui, bien sûr..., sans savoir s'il se fichait d'elle ou s'il ne comprenait vraiment pas ce qu'elle attendait, désirait entre-temps plus fiévreusement que ses étreintes : ce glissement de lui vers elle dans des mots qui seraient comme sa salive ou sa sueur... des mots comme ça qui ruisselant tout seuls se mêleraient aux siens, délivrés, le jour où tout serait simple, où elle n'aurait pas honte ni peur de lui dire... ça viendrait alors, elle saurait, trouverait les mots qui, issus des siens, se combineraient d'eux-mêmes en un langage nouveau, ce serait quelque chose de complètement nouveau, elle en était sûre, c'était pour ça qu'elle n'arrivait pas à les imaginer toute seule, nouée, engluée, elle ne pouvait que murmurer son nom, Vincent, énumérer les parties de son corps qui la touchaient le plus, citer quelques paroles cruelles ou tendres qu'il lui avait dites avant de se rhabiller, de partir, de la rejeter sur le lit, tout à l'heure, il m'a jetée...

Elle entend le téléphone sonner deux fois, sa mère demander avec une gentillesse surfaite : Mais où es-tu ?, puis : Si, elle est là. Aigre. Nann se lève et rentre dans le séjour, la main tendue vers le combiné que sa mère ne consent pas encore à lâcher : Enfin, tu pourrais tout de même... parce que je t'ai attendue moi, pour dîner, j'avais mis ton couvert et préparé pour toi, et la moindre des choses serait que tu t'expliques...

– Donne !

– Oh !...

– De toute façon, si elle l'a caché et aussi bien caché, par trois ou quatre billets de deux ou de cinq cents coincés à l'intérieur des cadres des photos qui sont exposées sur sa commode, je n'y aurais jamais pensé et d'ailleurs ce n'était pas de l'argent que je cherchais mais des lettres, des vieilles lettres qui appartenaient à ma mère, elle était sûre que Momm les lui avait prises en ouvrant des cartons auxquels on lui avait pourtant interdit de toucher. C'était écrit dessus : Nann, tiret, personnel, au gros feutre noir, des petits cartons ficelés, et elle aurait mieux fait de marquer autre chose dessus ou de les surveiller, de les mettre ailleurs en tout cas, elle le sait, ma mère, depuis le temps, que Momm est une fouineuse, fouilleuse, farfouilleuse et quand on la prend en flagrant délit, ce qui est rare parce qu'elle fait ça en professionnelle, discret, discret, mais quand on arrive à avoir la preuve qu'elle a pris ou lu quelque chose, elle s'excuse, elle dit qu'elle ne savait pas et qu'elle n'a pas regardé, elle recommence avec son cirque qu'elle a toujours respecté les affaires et les secrets des autres, que si on ne lui fait plus confiance elle aime mieux mourir alors, que sa vie n'a plus aucun sens si même sa fille et ses petites-filles à qui elle a tout sacrifié blablabla... Elle a donc dit à ma mère qu'elle n'avait pas vu l'inscription grande comme ça que n'importe quel hyper-myope aurait pu lire, mais elle non, parce qu'elle n'avait pas emporté ses lunettes pour descendre à la cave et que ça ne l'intéressait pas d'ailleurs, tu parles, elle a raconté qu'elle avait seulement vu qu'il s'agissait de papiers et qu'elle avait donc aussitôt refermé le carton en le remettant à sa place sur l'étagère, mais, futée, elle a pris les devants, elle a dit dès le soir à ma mère qu'elle avait par erreur juste défait une grande boîte à chaussures apparemment pleine de papiers qui devaient être à elle et ma mère a eu un coup de sang, elle s'est aussitôt levée en criant Non ! et elle s'est précipitée à la cave pendant que nous on se coltinait la vaisselle avec Momm qui n'arrêtait pas de nous dire qu'elle n'avait rien fait de mal, qu'elle n'avait rien à se reprocher, que c'étaient des choses qui pouvaient arriver à tout le monde sauf quand on était quelqu'un d'ordonné comme elle et qu'après cinq ans elle avait le droit parce que vivre dans ce foutoir, notre foutoir et tout et tout... Ma mère est remontée et elle a simplement dit en s'asseyant : Il manque des choses. Et, comme Momm faisait la sourde oreille en continuant de manier son éponge, elle a répété plus fort : Il manque des choses, j'ai vérifié, des lettres, il manque des lettres. Et nous on les regardait, on avait un peu peur et en même temps on espérait, moi j'espérais qu'elles allaient s'engueuler, se battre, se traiter de tous les noms, comme elles mouraient d'envie de le faire, Momm avait le cou tout rouge, elle s'était détournée pour rincer vingt-cinq fois son éponge au robinet de l'évier et ma mère serrait les poings sur ses tempes, accoudée à la table, elle respirait très fort. Et quand Momm a enfin arrêté de nettoyer son éponge, ma mère a dit en fixant la toile cirée que c'étaient des lettres importantes, très importantes, auxquelles elle tenait, que c'était insupportable pour elle de les avoir perdues, et je voyais, moi, qu'elle disait vrai, mais au lieu de crier ou de lui casser carrément la gueule, elle s'est mise à pleurer, la figure dans ses mains, on n'entendait rien, on voyait seulement comme elle était secouée et même si je trouvais ça plutôt moche, moi, cette dégonfle, cette éternelle dégonfle, on s'est approchées d'elle, toutes les trois, on a essayé de la consoler. J'ai dit qu'on allait les retrouver, j'ai dit bien fort que je les retrouverais, moi, ses lettres. Momm était allée chercher son balai dans le cagibi de l'entrée, mais je suis sûre qu'elle m'a entendue et quand elle est revenue on est sorties toutes les quatre, nous trois collées à elle, Wanda demandait ce que c'était comme lettres et maman disait seulement : Des lettres à moi, à moi toute seule, elle répétait ça et ça la faisait pleurer encore plus fort. Et je ne sais pas ce que Momm en a fait, probable qu'elle les a brûlées après les avoir lues, après avoir compris pourquoi elles étaient si importantes pour ma mère, des lettres d'amour j'imagine, et ça a dû lui faire particulièrement plaisir de détruire ça, elle a dû les brûler vu que je ne les ai pas trouvées, mais le fric, j'ai trouvé le fric à l'intérieur des cadres de sa commode, les billets bien planqués sous les photos de ses vieux morts et de tous ses chéris qui montaient la garde, et sous la plaque de marbre qui a été fendue dans un déménagement il y avait six mille balles répartis dans deux enveloppes, je me suis demandé comment elle faisait pour la déplacer, un truc lourd, on dirait pas à voir, j'ai eu du mal à remettre le morceau exactement contre l'autre, peut-être qu'elle fait ça seulement une fois par an, quand on s'en va nous, sans elle, et qu'on ferme tout avant. Fin janvier, juste après le coup des lettres, maman nous a donné des clés pour nos tiroirs et Momm y fait allusion quelquefois sans vraiment oser dire qu'elle s'en est rendu compte parce que ce serait avouer qu'elle a essayé de les ouvrir, nos tiroirs. Dans son secrétaire il y avait des livrets de caisse d'épargne au nom de mes cousins, les mioches chéris de son chouchou, l'aîné chez qui elle va deux fois par an pour les anniversaires, et là en février j'avais la paix, les petites étaient tout le temps fourrées chez leur copine et ma mère en profitait pour se tirer au maximum. C'est là que j'ai déniché les premières cachettes mais ça m'intéressait pas, ses dollars, pleins de dollars dans la doublure d'un vieux manteau de fourrure, et des francs suisses répartis dans des boîtes de vieux chocolats qui ont l'air de ne jamais avoir été ouvertes, je les ai laissés, c'était les lettres que je voulais, je pensais pas encore... mais après, quand ça a commencé, nous, et quand tu m'as dit, chez toi, tu te rappelles, la première fois où tu m'as dit, parce que ton frangin faisait exprès, derrière la porte... On est tranquilles maintenant... J'ai dit jusqu'à dimanche soir tard, ça nous laisse du temps, parce que dimanche soir, on sera loin, dis ?, après-demain, en roulant comme on roule, t'as calculé ?, tu penses qu'on verra la mer demain ?... Ce serait possible demain... Et ce fric, il est à nous maintenant, son sale fric, il est à toi, il devient propre et pur quand tu le touches, Dan, prends-le, moi je ne veux pas le garder, je ne peux pas, je te le donne, prends tout et prends-moi, garde-moi, Dan, serre-moi... Tu... Tu dors ?...

Comme tous les samedis, Nann se réveille tard. Sa mère est partie faire les courses à l'hypermarché et, les petites en profitant pour filer chez les Vardi, elle a exceptionnellement la maison et le jardin pour elle. Elle peut paresser en chemise de nuit sur la terrasse avec son bol de thé, le journal, de dix heures à midi en général tout est tranquille, elle le lui a dit une fois : tu pourrais venir me rejoindre, tu pourrais un jour me faire la surprise, un samedi ou un dimanche, le dimanche matin aussi, elle est à la messe et elle passe au cimetière après, elle rentre rarement avant onze heures et demie... Mais à cette heure-là, il court. Un impératif. Elle sent que lui suggérer de courir peut-être pour une fois l'après-midi serait aussi fou que d'exiger qu'il saute un repas, par exemple... Il y a tant d'exemples dans sa vie fermée comme une armoire de collectionneur maniaque, chaque chose à sa place, étiquetée, inamovible, intouchable, le système d'alarme se déclenche dès qu'on effleure la porte blindée... Il ne lui a jamais demandé si elle aurait envie de courir avec lui dans les bois un mercredi soir ou un dimanche matin... ce serait pourtant quelque chose qu'ils pourraient faire ensemble sans qu'il ait l'impression de l'introduire dans sa vie privée, ou intime ou... enfin sa vie sans elle, sans place pour elle... et on ne se parle pas quand on court, c'est un peu comme l'amour... Elle voyait l'eau frémir dans la casserole... l'amour... dans un sens... mais toujours le même, le petit couloir étroit, suivez la flèche, il ne s'agirait pas de marcher brusquement dans l'autre sens, de l'appeler par exemple, quelles représailles si elle osait une fois composer son numéro qu'elle avait eu par les renseignements vu qu'il ne le lui avait jamais donné... et elle le regardait souvent mais furtivement parce que s'attarder sur ces chiffres était aussi douloureux que d'attendre des mouvements d'ombre dans les rectangles éclairés de ses fenêtres le soir...

Elle passe par le séjour pour se rendre sur la terrasse en prenant au passage le journal que sa mère a déjà feuilleté, les pages « finances et marchés » ont été séparées, attentivement lues et différemment repliées. Elle pose son bol sur la table, met un coussin sur le fauteuil où elle s'assied, dos au soleil, les jambes croisées. Elle secoue ses cheveux et les peigne vers l'arrière entre ses doigts écartés, commence à lire les gros titres. Le chat des voisins s'approche, elle l'appelle, tend la main vers lui, le caresse tandis qu'il se frotte à ses jambes, lui parle à mi-voix, t'es tout seul, toi aussi ?, ce genre-là, des phrases de vieille.

Les pas sur le gravier de l'allée la font tressaillir. Elle se retourne. Il incline la tête en la regardant par-dessus la haie récemment taillée au carré : Bonjour.

– Bonjour, répond-elle troublée.

Il entre dans le cabanon, y prend sans doute des outils, ressort, contourne le jeune prunier, s'avance sur la pelouse vers le fond du jardin, un pot de peinture ou de Bondex dans une main, dans l'autre un chiffon bleu et un vieux seau de plastique beige contenant des objets durs qui s'entrechoquent à chacun de ses pas. Il porte des baskets mal lacées et sales, un jean sale aussi et déchiré sur la cuisse, un débardeur noir taché avec une grande inscription rouge et blanche dans le dos. Elle voit ses épaules, ses bras nus, sombres, musclés, son crâne brutal presque rasé. Elle se souvient maintenant que c'est un bruit de ponceuse qui vers huit heures et demie l'a réveillée à moitié, puis complètement un peu plus tard des coups de marteau, forts, espacés, ou de masse plutôt, ça devait être une masse. Il s'accroupit devant la barrière au bout à droite, étale un morceau de carton par terre, cherche un tournevis dans le seau, ouvre le pot, prend une baguette de bois clair et touille.

Elle allume une cigarette en le regardant, étonnée. Etonnée que ce soit lui, la perle que tout le quartier était paraît-il en train de s'arracher et surtout étonnée que sa mère... elle avait du mal à imaginer sa mère achetant avec lui à Bricomachin le matériel dont il avait besoin pour ses travaux, elle et lui dans la même voiture, c'était assez pénible, lui avait-elle raconté, on étouffait, une chaleur au retour dans la voiture !, parce que sur ces parkings-là on est obligé de se garer en plein soleil... et j'étais gênée, vraiment, incommodée, je t'assure, bien qu'on ait ouvert grand les fenêtres... et là-bas, il achetait en connaisseur, sans regarder les prix, évidemment puisque c'était moi qui payais, il se servait sans s'occuper de moi, je me sentais tellement ridicule dans ma robe jaune, je suis sûre que des gens ont dû me voir et se demander... à un moment je me suis permis de lui faire remarquer que le pinceau qu'il avait choisi coûtait deux ou trois fois plus cher que d'autres qui avaient l'air pareils. Il a fait mine de le remettre sur le présentoir en me disant que si j'en préférais un qui perd ses poils... sur un ton, avec un air... ! Je lui ai donc dit de prendre l'autre évidemment et je suis allée l'attendre à la caisse où j'en ai eu pour cher, ça, j'étais quand même un peu estomaquée en voyant le total. Il l'a remarqué et il m'a dit après, mais d'une façon, je ne peux pas te dire, comme une confidence, pendant qu'on retournait vers la voiture, il m'a dit : Vous avez fait une bonne affaire, parce que rien que le gros pinceau, là, vous le garderez dix ans...

C'était étrange de se souvenir aussi exactement de ce récit qu'elle avait dû entendre au début de la semaine, ou plutôt étrange d'avoir l'impression de l'entendre pour la première fois maintenant, comme une voix enregistrée par quelqu'un d'autre mais c'était elle pourtant, c'étaient ses oreilles, son cerveau... le pinceau qui perd ses poils, rien que ça, c'étaient le genre de détails marquants, j'étais gênée, incommodée... Où était-elle ce soir-là ? A quoi pensait-elle ? A qui ? Et combien de choses cent fois plus importantes devaient, de la même façon, glisser sur elle, à son travail peut-être bien qu'elle fasse un grand effort d'attention, et personne ne s'était plaint d'ailleurs, mais ici, Lili et les petites... hier soir par exemple, au dîner, elles ont dit tant de choses et je ne me souviens de rien, fille-femme-veuve et c'est tout... Lili, elle a appelé et parlé d'un week-end à la mer avec toute sa bande de copains, il me semble, dans la villa de, de qui ?... est-ce qu'ils y étaient déjà ou est-ce qu'ils voulaient partir tôt ce matin et comment ?... en train ?, mais elle n'a pas d'argent... est-ce qu'elle me l'a dit ? Est-ce qu'elle m'a dit tout ça et est-ce que ça me reviendra dans... trop tard ?...

Oppressée, elle ferme les yeux. L'impression de couler, de perdre pied, emportée dans un courant violent, lui, Vincent, des chutes, des cascades, des tourbillons, pour se retrouver un beau jour à moitié inanimée, suffoquant sur les pierres coupantes de la rive, salut et débrouille-toi, comme Michel, c'était la même histoire finalement sauf que l'amour, Michel, non... et même... non, non, ce n'était pas du tout la même histoire, rien à voir... rien... sauf peut-être cette sensation accrue les dernières années qu'il était en train de la ruiner, elle et ses filles avec, et Vincent, en ce moment, elle reconnaissait cette angoisse et cette impuissance, forcée de laisser faire, consciente d'un danger mais incapable de le prévoir exactement, d'y parer donc ou de sauter à temps, incapable, une chiffe, un fétu de paille dans les tumultes du torrent où elle voulait bien se noyer, s'écorcher, se fracasser pourvu qu'on épargne ses filles... mais sa mère y veillerait, elle le savait, les petites étaient devenues sa raison de vivre, elle les aimait comme ses propres enfants : avec autorité, calcul, dégoût, exaspérée par leur paresse et leur ingratitude entre des sursauts de tendresse, de compassion sincères, avec l'ambition aussi de mener au moins l'une d'elles vers une condition plus brillante que celle lamentable de leur mère...

Une guêpe tournoyait, agaçante, tout près. Elle la chasse, se redresse, voit l'ouvrier agenouillé devant la barrière dont il a déjà enduit les premiers croisillons. Ses gestes sont rapides, précis, rythmés, le bois clair fraîchement poncé absorbe inégalement la teinture grasse presque noire que le pinceau, le gros pinceau rond, celui qui ne perd pas ses poils... le crâne rasé, l'avant-bras velu, le profil sombre, l'épaule athlétique roulant sous le soleil... Brusquement il se tourne vers elle, lui sourit. Elle va vers lui avec son bol, dans sa chemise de coton bleu anciennement marine, gondolant sur ses mollets, avec une ancre posée sur une bouée rouge devant, ses cheveux retombent un peu sur son visage.

– Il paraît que c'est votre dernier jour, dit-elle.

– Probable.

– C'est tout ce qui vous reste à faire, la barrière ?

– Oui et puis ranger après. Je m'en vais à trois heures.

– Oh, mais vous aurez largement fini, au rythme où vous travaillez... Vous ne faites pas de pause ?

Il se lève. Il est beaucoup plus grand qu'elle. Plus grand que Vincent. Il essuie les poils de son gros pinceau sur le bord du pot, la regarde et lui demande : Qu'est-ce que vous m'offrez ?

Elle rit en levant son bol, impressionnée par sa carrure : Un thé par exemple. Il grimace. Ou un café... Je peux vous faire un café.

Il regarde sa montre : Dans dix minutes.

– D'accord.

Ils se sourient. Elle recule en secouant doucement

ses cheveux puis elle revient vers la maison, prépare la cafetière et fredonnant monte s'habiller.

Quand elle porte un peu plus tard le plateau sur la terrasse, elle le voit se laver les mains au robinet extérieur. L'eau gicle sur la grille carrée de la bonde. Il se savonne soigneusement, les poignets aussi, il se brosse les ongles, fait mousser, rince, se penche pour mettre son visage sous le jet d'eau froide, la bouche ouverte, puis il s'essuie avec le torchon propre pendu à la clé de la petite porte du garage. Elle dispose les bols, le sucrier, la brique de lait et la coupelle avec des biscuits secs sur la table, hésite à ouvrir le parasol, mais il ne craint pas le soleil, lui, et moi je vais me mettre là, la tête à l'ombre. Elle s'assied, remplit les bols, prend un biscuit. Il vient.

Il n'a pas trente ans. L'été, il vit dans une caravane sur un terrain au bord du fleuve qui appartient à un copain de son père, un potager dont il s'occupe en échange de, il ne sait pas bien quoi, le droit d'être là sans doute, parce qu'il n'y a pas d'eau potable ni d'électricité. Même le gaz, c'est lui qui le paie. L'hiver, il se débrouille. Souvent il part. Et quand elle lui demande où, il hausse les épaules en ricanant : vers le sud évidemment, avec un geste vague. Son seul luxe, c'est sa moto. Il réfléchit. Son portable aussi, bien qu'il s'en serve peu, un outil plutôt, juste dans les périodes où il est obligé de bosser, pour que les gens intéressés puissent le joindre. Il dit que les biscuits sont bons, il demande la marque. Elle ne sait pas. Il dit : Lu, en souriant, c'est écrit dessus. Il lui tend celui dont il vient de croquer le bord rond crénelé pour qu'elle voie les deux lettres gravées. Elle voit son pouce, l'ongle carré, coupé court, des stries noires sur la peau bien qu'il vienne de se brosser les mains. Une moiteur aussi dans un pli. Elle rit. L'encourage : Vous pouvez y aller, il y en a encore à la cuisine. Il met tout le biscuit dans sa bouche.

Elle boit, songeuse, sent le soleil sur son visage, puis elle tressaille sans savoir si c'est le mot « rouquine » ou « la vieille » qui l'a piquée. Il a dû dire : « Toutes rouquines à part la vieille », il a dit aussi : « cette famille », « dans cette famille »... Elle le regarde. Il secoue la tête, amusé : C'est marrant..., la bouche pleine, les yeux sur le dernier biscuit dans la coupelle.

– Et y a pas d'homme ici ?

– Non.

– Le père, là... y avait quand même un père...

– Il s'est tué en faisant le con sur la route.

– Ah. Et il était pas roux, lui ?

– Non.

– Qu'est-ce qu'elles ont gardé de lui alors ?

– Vous trouvez qu'elles me ressemblent tant que ça ? Vous les avez regardées de si près ?

– Je peux prendre le dernier ?... Sûr ?

– Parce que les petites, les jumelles... et même Lili... il n'y a que les cheveux, je crois, et les taches de rousseur... elles n'ont pas, heureusement...

– Des gestes aussi... la façon de marcher et de s'asseoir... toutes les cinq en fait, votre mère aussi... elle était rousse, elle, avant ?

– Ma mère ?... Rousse ?... Vous dites que je marche comme elle ?, que moi et mes filles... vous dites... ?

A ce moment-là, la cloche du portail retentit.

– La voilà, dit-elle

Il se lève en vidant son bol, s'essuie la bouche du revers de la main : Merci, mais je crois qu'il vaut mieux que je retourne à mon pinceau maintenant... Elle le regarde en secouant la tête : Mais non, pourquoi ?, vous pouvez bien...

Il avance la main vers sa nuque, prend ses cheveux, les serre entre ses doigts et les laisse aussitôt retomber. Il recule en la regardant avec une expression étrange, presque grave, hochant imperceptiblement la tête comme on dit oui, oui, c'est ça, d'un air distrait, puis il lui fait un clin d'œil, elle hochant pareillement la tête mais dans l'autre sens, non, non, je ne comprends pas, déconcertée, elle touche ses cheveux derrière son oreille, les presse doucement contre sa nuque, pensant : Il a les yeux clairs, c'est ça... Il s'est agenouillé près de son pot, il y trempe son gros pinceau rond, il lui tourne le dos.

– Est-ce que quelqu'un pourrait venir me donner un coup de main ? Un appel où rage et désespoir se combinent dans les mêmes proportions.

Nann se lève, fait le tour par l'extérieur, s'arrête devant le coffre plein de victuailles en se demandant qui, qui va manger tout ça ? Toutes les cinq en fait, y a pas d'homme ici ?... Elle fait une première navette jusqu'à la cuisine où sa mère vide son sac spécial surgelés dans le congélateur. J'espère que ça n'aura pas trop fondu, il faisait au moins quarante dans la voiture et un monde ! Un monde aux caisses ! Je n'en peux plus !... La cloche s'agite bien que le portail soit ouvert. Va voir, s'il te plaît, va voir, mon Dieu, qui peut bien venir à cette heure-ci ?

Fisch. Jovial, en salopette, son vieux panama sur la tête, un cageot sur le ventre. Pardon si je dérange !, s'écrie-t-il en appuyant sur Nann ses petits yeux inquisiteurs. De la salade et les premiers haricots ! Du jardin ! Ça va sans dire ! Il rit. Vous regarderez, il y a quelques petites patates, très tendres, vous verrez qu'elles sont tendres, à manger avec la peau, garanties pur bio, comme le reste, tout, pur bio, les cerises, j'en ai remis parce que votre mère m'a dit... on en a trop et moi, les clafoutis... !

– Oh, monsieur Fisch !... Nann s'efface, étourdie. Comme c'est gentil ! Mon Dieu ! Qu'est-ce que vous m'apportez là ? Et moi qui reviens juste de l'hypermarché, si j'avais su !... Tout ça, Seigneur !... Mais donnez, donnez donc... Nann !

– Non, non, je vais vous le porter moi-même...

– Euh, c'est que... à la cuisine avec toutes ces provisions, parce que je débarque juste, là, et vous m'excuserez si je ne vous offre pas à boire, je suis morte... voyez dans quel état... la chaleur, le monde... ! Sur la terrasse, oui, par ici, on va mettre ça sur la terrasse. Merci. Ce n'est pas trop lourd ?... Mais il y en a pour un régiment, dites-donc ! Promettez-moi que vous ne m'apporterez plus rien d'ici huit jours parce que si je m'en vais en plus... je compte aller quelques jours chez ma sœur, elle a besoin de moi... et ma fille, vous savez bien, la cuisine c'est...

Elle trottine derrière lui tandis que Nann continue à vider le coffre.

– Ah, il est là ?, fait Fisch. Je vais lui dire un petit

bonjour, si vous voulez bien... Beau travail, hein ! Vous êtes contente ?

– Et vous aussi, je suppose, enfin j'espère...

– Ah oui ! C'est très bien. Là, on peut enfin parler de clôture ! Et vous savez que ce n'est pas mon genre de pinailler mais ma femme trouvait que... parce que depuis la dernière tempête, ça ne tenait plus et ça m'a d'ailleurs écrasé un...

– Je sais, je sais. N'en parlons plus et excusez-moi, mais je n'ai vraiment pas le temps, là, j'aimerais pouvoir me...

– Alors, Jules ?... Ça travaille dur, hein ?

– Oui, oui, il pourra passer vous voir en partant cet après-midi si vous voulez, mais maintenant vraiment, monsieur Fisch, je dois...

– Je vous laisse, je vous laisse, c'était juste un petit bonjour, vu qu'on se connaît, lui et moi... Je vous ai mis des herbes aussi, il faudrait les mettre dans l'eau, ce serait dommage...

– Merci, vous êtes très aimable, ça me touche énormément, nous verrons pour papoter tranquillement une autre fois, au revoir, mes amitiés à votre femme, ça va, elle ?, oui ?, ça va à peu près... ?

– Oh, ça pourrait aller mieux...

Elle l'a poussé sur le trottoir : Oui, bon, moi aussi j'ai mes médicaments à prendre, c'est l'heure, excusez-moi et merci encore, merci, au revoir !...

– Quel enquiquineur !... Ah !, il a vraiment le chic, lui, pour tomber... et qu'est-ce que je vais faire de tous ces légumes ? Il aurait pu me le dire quand il m'a vue partir, il a bien vu que je m'en allais faire les courses... Je vais m'asseoir deux minutes et boire un verre d'eau, si tu veux bien me donner... Je n'ai plus de souffle...

Elle prend son grand mouchoir, s'éponge le visage, le cou et la gorge à l'intérieur de sa robe. Nann lui sert un verre d'eau fraîche et se met à ranger les provisions dans le frigidaire et les placards en suivant docilement les instructions de sa mère, non, sur la planche du haut à droite, dans le bas du frigo, dans le tiroir de gauche, ça ce sera à descendre à la cave, c'était en promotion, j'ai été obligée de prendre tout le lot, tâche de cacher ces paquets, au fond, derrière, parce que si elles les voient, on n'aura plus rien ce soir...

Elle pense qu'elle devrait dire quelque chose, plaindre et remercier sa mère, la féliciter pour tel achat, lui reprocher gentiment de tout faire, de ne pas lui avoir demandé de s'occuper des courses ce matin, de se tuer à la tâche et de dépenser tant pour elle et pour ses filles qui ne lui demandent rien, mais c'est très compliqué...

– Ça va ? Tu as pu te reposer ?... Te détendre ? Profiter de ta matinée tranquille ?...

– Ça va...

– Et prendre ton petit déjeuner sans être dérangée ni gênée... ?

– C'était bien, oui. Où est-ce que je mets ça ?

– Laisse-le sur le buffet, je le rangerai après... Le second bol, dehors, sur la table... C'était... Tu as eu de la visite ?

– J'ai bu un café avec l'ouvrier.

– Oh !... Elle presse ses seins en grimaçant. Oh !, oh bah je comprends alors !... Je comprends pourquoi Fisch a rappliqué !... Il t'a vue, forcément, il t'a vue !... Elle vide son verre en regardant Nann accroupie devant le frigidaire ouvert. Ça n'a pas l'air de t'impressionner beaucoup, tu t'en fiches, toi, évidemment, ce n'est pas toi qui encaisses les réflexions après... Je comprends ! Il voulait m'avertir, il voulait que je sache à quoi je paie ce type quand j'ai le dos tourné... !

– Ah non !, s'écrie-t-elle en claquant la porte du frigidaire. Je lui ai offert un café qu'il a descendu en moins de cinq minutes parce que j'ai pensé que c'était normal. J'étais sûre, figure-toi, que tu lui accordais une pause-café les autres jours et que ce n'était pas parce que tu n'étais pas là qu'il devait en être privé... Voilà. J'ai essayé d'agir dans ton sens et si je me suis trompée je t'en demande infiniment pardon... Puis, comme sa mère déplie son grand mouchoir blanc à bordure lie-de-vin et l'inspecte très perturbée, elle ajoute : Ce n'était pas une barrière qu'il aurait dû construire mais un mur, un mur d'au moins trois mètres de haut...

– Il lui a dit, murmure-t-elle hébétée, il lui a dit : Alors Jules, ça travaille dur ?... Il lui a crié ça, sur un ton... Mais il ne s'appelle pas Jules... Il ne...

– Je vais aller lui rapporter son cageot.

– Comment ? !... Non, non ! Surtout pas, s'il te plaît, non ! Pas d'histoire, pas d'esclandre, pas de démêlé avec Fisch, non ! Aie pitié de moi, tu ne te rends pas compte, les conséquences, Fisch ! et tout le quartier après, j'aurai tout le quartier à dos, merci bien, non, non... Gardons le cageot !... Elle masse de nouveau sa poitrine en soupirant, le visage crispé, puis elle se détend un peu en regardant par la fenêtre. Ce qui me chipote, c'est de ne pas avoir eu la présence d'esprit quand il l'a appelé Jules... mais pourquoi... ? Pourquoi ?... Elle secoue la tête. Redonne-moi de l'eau et mes cachets, veux-tu ?... Pourquoi Jules ?... C'est blessant, non ?, quand quelqu'un qui connaît très bien votre nom vous appelle autrement... et si Fisch ne se souvenait plus du sien, il aurait pu... ou alors il devient vraiment sénile !

– Exactement. Tiens, prends tes cachets et bois... Tu as bien fait de lui dire qu'on n'avait plus besoin de ses salades.

– Oui... mais les cerises... je te fiche mon billet que les cerises, dès lundi...

– N'y pense plus. Pense à des choses agréables, à ton séjour chez Jeanine par exemple, la fraîcheur à la campagne, loin de ce vieux débile, libérée de cette surveillance et de cette ingérence qui deviennent vraiment...

– Je crois que je ne supporte plus ce bonhomme.

– Oui.

– Je voudrais..., souffle-t-elle avant de prendre ses deux comprimés qu'elle avale dans une grande gorgée d'eau, je voudrais qu'il s'en aille, le plus vite possible. C'est pour ça que j'ai été contrariée quand tu m'as dit... j'ai eu peur que ça l'ait mis en retard et qu'il me dise après qu'il devait revenir lundi... C'était ça. Je ne voulais pas du tout te faire de reproches. Tu as bien fait de lui offrir un café. Il est comme tout le monde, il a droit à... et je tiens à ce qu'on soit avec les gens... je tiens à montrer qu'on sait vivre, qu'on sait accueillir, qu'on respecte chacun, nous, qu'on a le sens des autres... j'y tiens.

– Oui.

– Tu as très bien agi, ça me fait plaisir... Moi, je lui en ai proposé tous les jours aussi, mais il voulait de l'eau et je lui ai donné une bouteille fraîche avec un verre, mais il buvait au goulot bien sûr et sans moi... je veux dire que ça ne m'est pas venu à l'idée de lui proposer de s'asseoir à côté de moi sur la terrasse comme tu l'as fait, toi, tout à l'heure... tu es plus jeune évidemment, moi, je dois t'avouer que j'ai du mal... à Brico-2000 l'autre jour, je te l'ai dit... C'est cette chemise, je crois, ce débardeur sale qu'il porte depuis huit jours, et ses bras, ces grosses brosses qu'il a sous les bras... Elle a une espèce de haut-le-cœur. Ça me dégoûte, ça me... ! Les yeux fermés, son buste tressaute. Incertaine, elle regarde Nann : Et toi, non ?...

– Je n'ai rien vu, non.

– Tu n'as pas ?... Bon. Ou alors je suis vieux jeu, je n'ai pas l'habitude... ou je n'arrive pas à m'y faire... C'est la mode, je sais, j'en ai vu, ce matin, tout le monde se promène comme ça, les hommes, les femmes, des gros, des vieux, à moitié nus dans les magasins, comme s'ils étaient à la plage... et même à l'église, je t'assure que quelquefois, à la messe, je vois des gens, c'est...

– Comment il s'appelle, en vrai ?

– Qui ça ? Le... ah ! Comment ?... Je ne sais pas. Il me l'a dit, ou Fisch me l'a dit aussi évidemment quand il me l'a recommandé, mais j'ai toujours dit monsieur, moi, quand j'avais à l'appeler... Je ne sais plus. En tout cas, c'est sûr que ce n'est pas Jules, je l'aurais retenu, un prénom pareil pour un homme de son âge, ça m'aurait frappée...

Nann dit qu'elle va s'occuper du déjeuner et, voyant l'air surpris et réticent de sa mère, elle ajoute aussitôt qu'elle a envie d'improviser quelque chose avec les petits légumes de Fisch, si tu me laisses le temps, si tu n'es pas pressée qu'on se mette à table... Non, mais... Et gentiment elle la met dehors, lui enjoint de se reposer...

Elle soupire, déroutée : Je vais peut-être finir mon repassage alors, je n'ai pas eu le temps hier soir, j'avais prévu des côtelettes d'agneau et... tu es sûre ?...

Nann finit de ranger la cuisine, fait place nette, passe une éponge et même un coup de balai en chantonnant, se demande mais sans vraiment réfléchir à quoi attribuer cet entrain inhabituel, cette gaieté dont la dernière bouffée remonte peut-être à la dernière fois où elle a touché le manche d'une poêle... Longtemps.

C'est sans doute l'ambiance exceptionnellement détendue, Fisch arrivant à point pour dévier l'énervement que sa mère répand toujours au retour des courses et, pour peu qu'on n'accoure pas à temps pour l'aider à vider le coffre ou qu'on traîne un peu à faire disparaître les victuailles dans les placards, ça roule et gronde jusqu'au soir souvent, comme un orage hésitant au bord, avec de temps à autre une réflexion fielleuse, aussi brève et fulgurante qu'un éclair de chaleur.

Mais il y a aujourd'hui une fraîcheur dans l'air, une lumière plus vive, des gazouillis, des bourdonnements paisibles venant des feuillages et des fleurs. Elle a ouvert grand la fenêtre, regardé avec plaisir les surfaces dégagées et propres qui lui rappelaient le temps où, au début de son mariage, elle aimait faire la cuisine dans sa cuisine, de même le jardinage, elle aimait ça tant que c'était son jardin... Puis elle est entrée dans le séjour pour aller chercher le cageot sur la terrasse. Elle s'est avancée lentement, curieuse de voir où il en était, ce qu'il faisait à présent, midi vingt. Il avait déjà atteint le dernier quart de la barrière et maniait imperturbablement son pinceau, Violette et Wanda accroupies à côté de lui, le regardant, lui parlant, lui racontant probablement leur vie, c'est-à-dire sa vie à elle aussi, cette famille... Y a pas d'homme ici ?... Ce qui manque, voyez-vous...

Elle pose un genou sur l'accoudoir du grand fauteuil, continuant à les regarder en se balançant un peu sur l'autre jambe : Et le père, y avait quand même un père, elles n'ont rien gardé de lui, la même façon de marcher... Cet homme, cet ouvrier dont elle avait à peine enregistré l'existence jusqu'à ce matin dix heures, avec lequel elle n'avait échangé qu'une dizaine de phrases et quelques regards en mangeant des biscuits Lu – et ses cheveux, à la fin, sa main serrant ses cheveux pour les relâcher aussitôt, son visage après, cette expression presque enfantine, comme s'il venait de toucher sans autorisation quelque chose dont il avait très envie depuis longtemps, ses cheveux, redoutant peut-être qu'elle s'en offusque et soulagé, reconnaissant, une tendresse dans ses yeux clairs puis autre chose tout de suite, un clin d'œil qui...

Elle espérait que les jumelles lui diraient son nom à table, elles devaient, curieuses et pipelettes comme elles étaient... Agacée par ce que cette contemplation remuait en elle, comme un attendrissement, quelque chose d'ancien, à la fois visqueux et sucré qui revenait toujours, creusant confusément le manque... C'était douloureux de trouver tant de charme à cette scène très quotidienne, lui en train de peindre la barrière avec les deux filles jacassant accroupies dans l'herbe près de lui, d'en éprouver une espèce de réconfort, d'en être triste aussi en sachant que Vincent n'en serait jamais le centre. Quelque chose de dur gonfle sous son sternum, elle y appuie son pouce puis toute sa main pour essayer de repousser ces pensées directement issues de clichés rebutants, d'images de bonheur convenu qui avaient nourri toute son adolescence et l'avaient jetée à vingt ans dans les bras de Michel, c'était ça, ces rêves-là, la petite harmonie des chaumières, un homme, une femme, de beaux enfants, flash !, et sa mère les regardant l'œil mouillé, la tête dans le creux de l'épaule de son père : Tu vois, c'est merveilleux, elle aussi, elle connaît ça maintenant, notre fille, elle est heureuse, elle y est arrivée, elle aussi... Quand dans l'ombre, en vrai, en vrai... Vincent... elle n'avait aucune envie de remettre ça avec lui, tout sauf ça... mais quoi, tout ? Qu'est-ce que c'était pour le moment après quatre mois, tout... ?

Elle s'assied dans le fauteuil, masse le point encore sensible sous les côtes en fixant une arabesque du tapis... Ça devait être ces images-là qu'il voyait quand elle lui disait timidement qu'elle aimerait qu'il lui parle davantage, qu'il l'invite un soir à dîner dehors, qu'il ait envie de faire autre chose avec elle que seulement l'amour... En mai, elle avait osé et s'était aussitôt reprise, angoissée, craignant qu'il puisse croire que son attente ou son désir étaient ceux de toutes les femmes, filles, veuves s'agrippant : tu peindrais la barrière avec les petites à côté de toi pendant que j'éplucherais de bons petits légumes du jardin... Tous ces malentendus, ces idées fausses qu'il avait sur elle, si seulement il lui donnait une chance, l'occasion de lui expliquer, de le rassurer... elle voulait quelque chose d'autre avec lui, sans savoir si c'était possible, si ça existait déjà, si ça pouvait durer longtemps, douze ans par exemple, elle, dans douze ans, et lui, et ses filles, dans douze ans, Lili... et sa mère...

Le repassage est l'activité ménagère qu'elle préfère, celle qu'elle fait assise au calme dans sa chambre, celle qui rend tout l'entretien du linge agréable : le tri, le lavage, l'accrochage sur les cordes auxquelles elle revient sans cesse pour palper les étoffes, les enlever avant qu'elles ne soient complètement sèches, c'est-à-dire rèches et raides... Toute la collection des mouchoirs de Rémi, les blancs qu'elle avait achetés à la fin quand il crachait et les autres surtout, ceux d'avant, aux couleurs un peu passées maintenant, mais si vivants encore, si pleins d'images bouleversantes, de gestes, banals, officiels, ou petits, connus d'elle seule... et aussi ses gestes à elle dont une partie était restée intacte : quand elle lissait les coins et la bordure avec la pointe de son fer, pliait les mouchoirs en six, disposait la pile impeccable sur la seconde planche de l'armoire alors, dans sa partie à lui, à côté de ses pyjamas, du temps où elle en choisissait deux le matin à glisser l'un dans dans la poche droite de son veston, l'autre dans celle de sa gabardine ou de son manteau l'hiver... Bien qu'elle ait ses préférences, elle s'efforçait de les utiliser tous, pour les user au même rythme, lentement, gardant pour les dimanches ceux qu'elle aimait le plus, des pastels à large bordure rayée ton sur ton, une série : des bleus, des gris, des verts, des ocre, des rose-tuile, les plus jolis. Les blancs, elle s'en servait la nuit. Il lui en fallait en moyenne deux par jour, trois en été car elle transpirait beaucoup depuis qu'elle avait grossi au début de son veuvage, ce qui avait coïncidé avec l'apparition de problèmes cardio-vasculaires, peu inquiétants, affirmait Pippry, son docteur, il fallait surveiller.

Depuis huit jours, elle souffrait, et ce n'était pas seulement dû à la grosse chaleur, aux ciels écrasants, grondant d'orages qui refusaient d'éclater, sauf hier, vers quatre heures du matin et elle n'avait plus fermé l'œil après, pensant à la barrière qui branlait toujours contre les framboisiers de Fisch, l'ouvrier, malgré ses recommandations, tardait à s'y mettre, or elle lui avait bien dit en lui montrant les différents travaux à faire que c'était ça le plus urgent : la barrière, les framboisiers de Fisch, vous le connaissez, vous savez comment il est, c'est à cause de lui que je vous ai engagé, il m'empoisonne depuis six mois, sous prétexte que ma clôture, dit-il... C'est très vieux, d'accord, ça n'a pas été entretenu depuis la maladie de mon mari qui l'avait faite lui-même en soixante-huit, il était très adroit de ses mains, vous voyez que c'est du beau travail, vous, en professionnel, vous devez le voir, parce qu'après plus de trente ans... et j'ai beaucoup réfléchi, je me suis renseignée, vous pensez !, je sais que ça me reviendrait beaucoup moins cher d'acheter un truc fini, des hauts panneaux en métal ou en bois, sur lesquels on peut faire grimper de la verdure... ma fille était très pour, parce qu'elle disait que ça nous isolerait davantage, ici surtout, là-bas, ça va, ce sont des gens discrets et intelligents, et jusqu'à ce que Fisch prenne sa retraite, c'était fermé ici aussi : il avait un rhododendron de toute beauté là et deux ou trois conifères, je crois, bref, ça protégeait. Du jour où il a été à la retraite, tout a été mis sens dessus dessous, sous prétexte qu'il avait toujours rêvé d'avoir un potager. En trois mois de temps, c'était rasé, démoli, bousillé, il a abattu sans prévenir des arbres magnifiques, tout par terre, une vraie boucherie...

Il avait un drôle de sourire. Un sourire qui aurait pu paraître compréhensif ou poli si toute son attitude n'avait pas exprimé une indifférence presque méprisante à tout ce qu'elle pouvait lui dire, un peu comme l'expert... Oui et non. L'expert avait tout de même des manières, une certaine classe, très bien habillé toujours... Non, rien à voir avec cet ouvrier déguenillé qui ouvrait à peine la bouche, ne l'écoutait peut-être même pas quand elle lui expliquait ce qu'elle attendait de lui, il ne lui répondait pas quand elle lui posait des questions, il grognait, c'était ça, des grognements, avec de vagues hochements de tête et cet air cause-toujours-tu-m'intéresses qui était une des spécialités de Lili. C'était la même effronterie, la même arrogance mais très dissimulées chez lui. Elle n'avait rien de concret à lui reprocher. Si. Sa chemise, cette loque sans manches, ses gros bras nus, et dessous, quand il les levait, elle frissonnait rien que d'y penser... Et cette façon, ce... ce qu'elle sentait confusément en lui et qu'elle avait eu l'impression d'être presque en mesure de définir enfin le jour où Lili, mardi ou mercredi ?... le soir où Lili dehors devant cet homme qui... et elle, coincée dans son fauteuil, regardant la pendule, furtivement car l'aiguille des minutes avait l'air de s'alourdir, d'hésiter à avancer quand elle la fixait, lui ordonnait en pensée de se dépêcher de quitter enfin le trois pour rejoindre le quatre et si possible sauter d'un seul bond sur le cinq, elle attendait en effet vingt-cinq pour intervenir, se jurant qu'à la demie il serait parti. Son aiguille à repriser pendant tout ce temps s'égarait entre les fils, ne passait plus dessus, dessous, dessus mais en enjambait plusieurs à la fois, glissait sans méthode, dérapait, ses doigts moites et nerveux peinant pour la guider, la tirer, jusqu'à ce que, n'y tenant plus, elle se décide à le rejoindre, s'efforçant de trouver des choses à lui dire pour ne pas avoir l'air de le mettre trop précipitamment dehors. Elle essayait de le pousser dans l'allée vers le portail en marchant juste derrière lui, agitée, craignant elle ne savait quoi tant que Lili n'était pas hors de la portée de son regard, parce qu'il avançait lentement, de cette démarche de gorille nonchalant, la tête non pas tournée vers elle mais vers la terrasse où il pouvait la voir par-dessus la haie taillée, de dos, elle devait sentir son regard sur sa nuque sans quoi elle n'aurait pas cherché à tâtons ses barrettes pour libérer d'un seul coup ses cheveux, sa chevelure ruisselant sur le dossier du fauteuil blanc juste avant qu'ils aient atteint le coin de la maison puis le portail enfin. Vous pouvez très bien m'appeler, lui avait-elle dit, même à la dernière minute si vous avez un empêchement demain, je comprendrai...

– Non, non. Je serai là à trois heures.

Ses yeux avaient rapidement glissé sur son cou et ses épaules, elle avait souri, gênée, en battant des cils, bien bien, elle avait chaud. Il s'était détourné en secouant son trousseau de clé, marchant vers sa moto garée sous un arbre au bord du trottoir. Elle avait pris son mouchoir, s'en était discrètement tamponné le visage, elle avait refermé le portail en bloquant le battant de la cloche, puis regagné la cuisine en murmurant

Mon Dieu, mon Dieu..., sans savoir, oppressée par une sorte de culpabilité lourde, mais je n'ai pourtant rien fait, je ne peux pas... et je ne pouvais pas quand je lui ai téléphoné, je ne pouvais pas lui dire que je voulais d'abord voir de quoi il avait l'air, ç'aurait été... et je n'y ai pas pensé d'ailleurs, pas un cheveu de ma tête, quand je l'ai appelé... Fisch m'avait dit qu'il avait la trentaine, le genre solide, baraqué, sérieux, rapide, c'est tout ce qu'on a besoin de savoir quand on engage un ouvrier et je dois dire que pour le moment je suis très contente, surprise en bien même, je n'aurais pas cru qu'il aurait déjà fini la peinture, il faut bien sûr que j'aille voir comment c'est fait, que je regarde un peu mieux que tout à l'heure, devant lui ça m'était désagréable de contrôler... et demain... trois heures, ça ne m'arrange pas, il va sans doute rester tard, et les filles alors après la classe...

Elle s'était assise, accoudée à la table, le menton sur sa main droite et son cœur palpitant dans l'autre. Elle regardait dehors par la fenêtre qui donne sur la partie service du jardin le petit prunier, le toit du cabanon, la tôle avait l'air de fondre et de bouger sous le soleil. Elle reconnaissait ce trouble, cette sensation, c'était quelque chose qui lui paraissait aussi vieux qu'elle, une boîte qu'on lui aurait offerte à sa naissance et lui aurait donnée plus tard vers six ou sept ans, l'âge de raison, sept ans, elle s'en souvenait, ça l'avait beaucoup impressionnée, cette insistance pendant plusieurs mois : Quand tu auras l'âge de raison, maintenant que tu as l'âge de raison, pour une petite fille qui a l'âge de raison, tu n'es pas, vraiment pas... un passage qui n'avait pas duré très longtemps vu que très vite il avait été question de l'âge bête et, à l'époque, elle n'avait pas relevé la bizarrerie de cette évolution à contre-courant : où passait la raison si on devenait bête juste après ?, et bête pour des années, on entrait dans l'âge bête, on y était, on n'en était toujours pas sorti... Une petite boîte donc, capitonnée, un écrin au mystérieux contenu qu'on lui aurait donné à un âge où elle pouvait en faire quelque chose, en mesurer le prix, en prendre soin, c'est-à-dire garder au fond de son tiroir à trésors et contempler, toucher, entrouvrir éventuellement, en cachette toujours, intimidée, craintive même, et là, à soixante-six ans, l'âge mûr, plus que mûr en ce qui concerne les femmes, mûr voulant dire fanées pour elles, flétries, trop mûres, comme les fruits quand ils commencent à s'abîmer et sont juste bons à manger en compote, il faut trier et on en jette... Elle, à cet âge avancé, disons cela, soixante-six ans, ressentant le même trouble qu'à huit, douze, seize ou trente ans et ne sachant pareillement qu'en faire... Elle avait mis ses paumes sur ses joues brûlantes, s'était levée pour boire un verre d'eau au robinet, elle s'était tamponné la bouche et le visage avec le mouchoir de Rémi, bleu clair bordé d'une ligne longeant une bande satinée bleu Nattier ce soir-là, ce mouchoir qu'elle finissait de repasser à présent, levait en direction de la fenêtre pour regarder si aucune trace, aucune auréole... comme une ombre jaune passant maintenant que Nann l'avait elle aussi... mais la curiosité soudaine de Nann pour l'ouvrier ne l'inquiétait pas, d'autant que dans deux heures au plus tard il serait parti, elle ferait les comptes avec lui, lui donnerait son argent en liquide, elle avait été exprès le chercher la veille à la banque et, si ça ne suffisait pas, elle avait encore quelques billets en réserve dans une pochette cachée au fond de sa boîte à cirage, mais normalement, j'ai tout recalculé hier soir... et je ferai ça avec lui à la cuisine, en espérant que Nann ne va pas nous faire manger à trois heures, c'est très gentil à elle mais j'aimerais bien quand même...

Elle plie le mouchoir en trois, passe un coup de fer, le plie de nouveau en trois, l'aplatit une dernière fois et le pose sur la pile des quatre autres au bout de son lit. Elle hésite à repasser maintenant le chemisier qu'elle avait enfilé mardi après-midi, pensant que si l'expert venait et voulait bien pour une fois... mais lui, c'était encore une autre histoire et il n'était pas venu d'ailleurs... ou sa robe, sa robe jaune qu'elle avait fait l'erreur de mettre lundi pour conduire l'ouvrier à Brico-2000 acheter tout le matériel par une chaleur, elle, perdue dans ces immenses allées, beaucoup trop élégante, idiote et ridicule derrière ce chariot, gardant le plus possible ses distances, avec son chéquier dans sa poche, pendant que lui, quel souvenir épouvantable... !

Elle écarte le short de Lili, plus tard tout ça, plus tard, prend un bermuda de Violette, vérifie la température de son fer... Ce n'était pas l'homme, non, ce n'était pas lui, cet ouvrier de trente ans, c'était autre chose qui venait de lui et se répandait depuis cette pénible expédition du lundi matin, quelque chose qui s'était solidifié en pleine lumière quand elle avait vu Lili s'avancer sur la terrasse, s'installer, s'exposer à ses regards... Il y avait eu à ce moment-là pendant quelques secondes une image extrêmement nette, aveuglante, un nom peut-être même pour ce qui se passait en elle assise dans le grand fauteuil, comme une illumination à la fois terrible et salutaire, une espèce de certitude, enfin, aussi palpable que son œuf à repriser, son aiguille rétive... et si Lili ne s'était pas brusquement tournée vers la vitre, l'affolant et l'obligeant à se tendre pour ne rien laisser paraître de cette agitation, elle aurait sans doute pu savoir ce que c'était. Sa peur d'être surprise en train d'observer leur jeu dehors avait tout effacé et quand elle essayait depuis de se remémorer clairement la scène : l'ouvrier se nettoyant les doigts avec un chiffon en regardant discrètement mais tranquillement Lili qui allongeait ses jambes nues au soleil, remontait ses cheveux, les barrettes dans sa bouche..., ses pensées chaque fois s'égaraient vers d'autres très quotidiennes, l'emportaient en s'effilochant loin de cette image incomplète qu'elle n'arrivait déjà plus à reconstituer, se rétractant bizarrement, sans savoir, redoutant d'y parvenir maintenant qu'elle se rappelait en avoir tiré sur le moment quelque chose d'éblouissant et de précieux qui l'avait tourmentée toute sa vie en se dérobant toujours, ça fuyait, s'évaporait, se diluait dans une masse de petits soucis affleurant en chaîne dès qu'elle regardait la pendule : nos comptes, à quelle heure est-ce qu'on va manger, le cageot de Fisch, et Jules, Lili à la mer mais avec qui, cette chaleur, mon rendez-vous de coiffeur à quatre heures et demie, Nann, et l'âge bête...

L'impression de tourner en rond, depuis une heure à peu près, sans pouvoir en être sûre vu qu'elle ne connaît pas les noms écrits sur les panneaux et que les petites routes avec tous ces virages désorientent d'autant plus que le ciel s'est couvert et qu'ils traversent une immense forêt, lentement, cette lenteur, bien qu'elle puisse voir sur son compteur qu'il roule normalement, à quarante-cinq, cinquante, avec des pointes à presque soixante-dix dans les rares descentes en ligne droite... Elle n'ose pas encore lui demander s'il connaît vraiment la direction, s'il ne serait pas temps de regarder une carte, de se renseigner par exemple dans le prochain village, en espérant qu'il y aura bientôt un village, un hameau ou une maison, une ferme, pas une habitation en vue depuis des kilomètres, la forêt de plus en plus dense, un véhicule de temps en temps, fourgonnette, voiture et une vraie moto qui les a doublés à une vitesse et dans un vacarme triomphants, Dan a poussé des jurons et fait un geste obscène que le type n'a même pas dû voir dans son rétroviseur. Le scooter n'était pas fait pour les longues routes, avait-il dit vers onze heures sur un ton de reproche, il avait peur de bousiller son moteur, soixante bornes déjà, c'était trop, il fallait faire une pause, d'ailleurs il était fatigué, il avait faim.

Monaco-Parc, un terrain sableux en terrasses avec de vagues promesses d'arbustes et de haies naines entre les alignements de mobile homes et un enclos herbeux réservé aux caravanes, d'un côté de la clôture. De l'autre, il y avait des pelouses avec de vrais arbres, des aires de jeux, des tourniquets, des balançoires, une buvette avec des tables et des chaises en plastique sous un store jaune. Beaucoup de monde. Des familles entières venues pique-niquer, glacières, pliants, parasols, des enfants, des vieux, quelques adolescents groupés à l'écart autour d'un appareil à cassettes. Au fond du vallon hérissé de peupliers fluets plusieurs plans d'eau avaient été aménagés sur le cours de la rivière, l'un était réservé à la baignade. Dan avait déjeuné à la buvette puis sommeillé dans l'herbe la tête sur son sac à dos où se trouvait l'argent, il en avait juste pris un peu sur lui pour pouvoir payer leurs petites dépenses sans éveiller les soupçons. Elle nageait en essayant de ne pas regarder la pendule accrochée au mur de parpaing de la baraque des vestiaires, midi, midi et quart, à la demie je sors de l'eau..., puis elle s'était assise au bord du grand bassin en mettant sa serviette sur ses épaules pour se protéger les bras car elle avait déjà des coups de soleil. Les pieds dans l'eau, elle le regardait, guettant un mouvement, un signe. Il était allongé à une vingtaine de mètres de l'entrée de la piscine, à l'ombre, torse nu, son t-shirt blanc sur le visage, immobile, tandis que ses doigts agrippaient le bord de béton, sachant qu'elle devait attendre, avoir la patience d'attendre c'est-à-dire la force de rester là, entre le paradis des pêcheurs et l'étang de pédalos, comme l'indiquaient des panneaux avec des flèches divergentes, dans cet endroit minable, une odeur de vase, de friture, d'huile solaire, l'eau était sale, les gens moches, des grosses femmes rougeaudes houspillaient leur marmaille excitée, le maître-nageur glandouillait dans son slip turquoise en roulant sa petite mécanique bronzée de l'autre côté du bassin, la regardant l'air de rien derrière ses lunettes de soleil en miroir, espérant apparemment, il pouvait espérer longtemps.

Une heure moins vingt. L'envie de crier maîtrisée devenait une envie de pleurer. Elle avait fini par le rejoindre, l'avait réveillé doucement en lui chatouillant le menton et le cou avec un brin d'herbe. Il avait grogné. Se forçant à un ton très gentil, très calme, elle lui avait demandé s'ils n'allaient pas bientôt quitter ce paradis de pécheurs nuls et de pédalos pourris, elle l'avait embrassé, câliné, alors que pour la première fois elle n'en avait aucune envie, pour la première fois les caresses de Dan l'ennuyaient, la laissaient froide et excitaient en même temps sa rancœur. Elle s'était mise à le secouer, à le pincer, le chatouiller, lui donner des petits coups dans les côtes, le traitant en riant de flemmard, lui rappelant la route qu'ils avaient encore à faire, ça fait plus de deux heures qu'on est là !... Pourquoi tu veux pas m'apprendre à conduire ton scooter, on pourrait se relayer, ce serait beaucoup plus simple. Moi je suis pas fatiguée et j'en ai marre d'attendre. Il lui avait semblé surprendre alors dans son sourire une espèce de contentement, comme s'il venait de se rendre compte de son propre pouvoir et de sa dépendance à elle. Elle avait l'impression depuis ce moment-là que quelque chose avait bougé entre eux, qu'ils avaient par exemple une notion différente du temps, elle pressée, lui traînant, le scooter traînant lamentablement à cinquante à l'heure à peine dans cette forêt qui n'en finissait pas, ces sous-bois touffus, ces grands arbres qui cachaient le soleil, l'insultante moto qui les avait doublés... elle aurait bien aimé monter sur cette machine-là et même sans Dan, continuer sans lui... non, pas sans lui, pas... L'ouvrier enfourchant sa moto le jeudi soir et accélérant doucement vers le carrefour, elle l'avait regardé partir depuis la fenêtre entrouverte de la salle de bain, par l'étroite fente claire entre les vitres opaques, il portait un casque argenté, un blouson de cuir vert et les chromes sous lui... Momm occupait la terrasse depuis au moins quatre heures de l'après-midi en frottant des cuivres ou de l'argenterie sous le parasol – elle avait ouvert le petit sac en plastique dans lequel elle avait mis la veille un bout de chiffon imbibé d'essence, et l'odeur ce soir-là, sur le paisible vrombissement de la moto qui s'éloignait, avait fait jaillir des images plus nettes et plus aérées que la nuit précédente, agissant comme un zoom maintenant qu'elle venait de fixer la date définitive de leur départ et que l'heure se rapprochait, vendredi, six heures vingt, dans vingt-trois heures, Dan... le compte à rebours déclenché, des sirènes de paquebots, des avions sifflant au bout de la piste de décollage, et elle et lui dans ce chahut, en gros plan, Dan et elle renversés dans les vagues... mais s'il se foutait d'elle maintenant en continuant à rouler comme un abruti, à suivre cette route qui les ramenait peut-être en arrière ou leur faisait faire des détours inutiles, repoussant la mer toujours plus loin dans le temps et dans l'espace, s'il n'avait plus envie pour une raison ou pour une autre, si...

– Je me suis demandé, dit Nann alors que sa mère regardant l'heure insiste pour qu'on passe au fromage, si on ne pourrait pas lui demander de refaire la chambre des jumelles... depuis le temps qu'elles dorment dans ces lits superposés trop petits et qu'elles font leurs devoirs sur des bureaux d'enfants... Pour leur entrée en sixième...

– Oh oui ! Oh oui, Momm ! S'il te plaît, Momm !, s'écrient les filles en chœur.

– Ça va, ça va. Du calme... La semaine prochaine, il est pris. L'épicière m'a demandé exprès... et puis je ne veux pas qu'il soit là, dans la maison, tout seul pendant mon absence.

– Je ne dis pas la semaine prochaine, mais après, si les petites sont à leur camp et que j'ai des vacances...

– Marc a proposé de venir mi-juillet puisqu'il veut prendre les lits pour ses fils, il saura bien les démonter et nous aider à installer les sommiers, pour le reste, on n'a pas besoin de payer quelqu'un... on se débrouillera...

– C'était une idée, comme ça. La menuiserie... parce qu'il faudrait leur faire des bureaux sur mesure pour qu'elles aient chacune un petit coin. Si on met deux lits normaux dans la chambre qui n'est déjà pas très grande...

– C'est pour ça que je dis qu'il faut leur mettre des lits gigognes, mais tu...

– Oui. Je trouve ça très important que chacune ait son lit.

– Bon. Alors c'est sans solution vu que tu ne veux pas non plus qu'elles s'installent dans ma chambre. Je l'ai déjà proposé cent fois. Je suis tout à fait prête à la leur donner, moi, et ce n'est pas parce que j'ai dormi pendant trente-cinq ans dans cette chambre où je ne suis pratiquement jamais dans la journée, ça ne me ferait rien du tout de dormir dans la leur à l'étage ou sur un divan dans un coin du séjour...

– Non, non. Tu nous as déjà assez donné comme ça pour qu'on ne te prenne pas en plus le seul domaine qui soit encore à toi.

– Ce n'est pas ça...

– Mais si... Et tous tes souvenirs...

– Bon, si vous ne voulez plus de fromage, j'aimerais bien qu'on débarrasse et qu'on range, là...

– Cette chambre, continue Nann, c'était papa, tu ne peux pas dire...

– Peut-être que chacune pourrait prendre son dessert... Je voudrais qu'on avance, s'il te plaît, j'aimerais maintenant, deux heures dix...

Elle se lève en ramassant énergiquement les assiettes. Les petites demandent si elles peuvent partir, Priscilla les attend au quart, on va à la piscine, est-ce qu'on peut emporter un goûter ? Et Momm se précipite vers le placard à provisions et leur donne ces paquets de gâteries qu'elle avait demandé à Nann de cacher soigneusement deux heures plus tôt. Elle leur donne tout : Vous partagerez, allez, allez, filez ! Enervée.

– Ce serait moi qui paierais évidemment, dit Nann en se levant lentement.

– Je ne sais pas, je... ce n'est pas le moment, vois-tu... Elle s'active, exaspérée par la mollesse de Nann et piquée aussi : C'est moi qui paierais... Avec quoi tout d'un coup ? Et de quel droit Nann ferait-elle faire des travaux chez elle, dans sa maison, en engageant quelqu'un qui... ? Lui, dans sa maison, là-haut, ce type, ce... Elle voulait que la cuisine soit impeccable pour pouvoir dans une demi-heure y faire ses comptes avec lui et le congédier définitivement. Elle voulait aussi aller voir où il en était, s'il avait bien tout rangé et tout nettoyé, s'il aurait vraiment tout fini à l'heure dite, et pouvoir vérifier une dernière fois ses comptes afin d'être sûre de la somme et de ses preuves, pour le cas où il ne serait pas d'accord. Elle voulait recompter tranquillement ses billets et se débarrasser de Nann, ne pas lui laisser l'occasion d'aborder avec lui la question de cette chambre, elle risquerait de lui dire de monter voir, pendant qu'ils y étaient, là, se sentant chez elle, elle le ferait monter, lui montrerait, le retiendrait... Le temps pressait, la chaleur, et ces miettes, l'évier encombré, la gazinière sale...

– Tu ne veux pas aller à la piscine avec elles ?

– Non.

– Pourtant, ça te ferait du bien et pour elles... tu ferais pour une fois quelque chose avec elles...

– Non, je n'y tiens pas.

– Bon, alors monte te reposer et laisse ça, laisse tout, je vais le faire, moi, j'aime mieux me débrouiller toute seule... Va s'il te plaît et laisse-moi maintenant !

Perturbée par l'air égaré de sa mère, elle obéit, monte dans la chambre des jumelles, s'avance vers la fenêtre ouverte qui donne sur le jardin et se rappelle en voyant l'ouvrier passer lentement courbé en deux le long de la barrière, avec son pot et son pinceau, prêt à faire des retouches, qu'elle a oublié de demander son nom aux petites pendant le déjeuner. Elle s'assied sur le rebord étroit en regardant à l'intérieur de la pièce, s'efforçant de la vider mentalement pour y faire entrer deux lits de dimensions normales, un mètre quatre-vingt-dix, je crois, ça irait jusque là et on ne pourrait pas fermer la porte, il faudrait donc en mettre un comme ça... et deux bureaux aussi, deux chaises, mais l'armoire... avec la pente du toit... en faisant des placards, si quelqu'un d'astucieux et d'adroit... moi je ne sais pas, je ne peux pas, depuis le temps que je leur promets de leur refaire leur chambre et si elles rentrent en sixième...

– Bon ! Ça y est, là, c'est tout !... C'est très bien, mais ça suffit, allez, c'est tout maintenant, laissez !... Je n'aurais pas cru, c'est formidable !, et ça me fait tellement plaisir, parce que je vous l'ai dit, cette barrière, c'est avant tout une histoire sentimentale...

Instinctivement, elle s'écarte, se dissimule derrière un battant ouvert de la fenêtre, près des rideaux pour observer sa mère qui a rejoint l'ouvrier dehors, le suit en restant à un ou deux mètres de lui. C'est exactement comme avant, continue-t-elle d'une voix pleine d'émotions contradictoires, j'ai l'impression d'être revenue trente ans en arrière, ça me fait très plaisir, et c'est solide, n'est-ce pas ?, ça va tenir un moment ?, je n'ai pas besoin d'avoir peur qu'à la prochaine tempête... ? Vous avez testé, avant de peindre ? Vous avez secoué un peu ?, et ça tient ?, ça tient vraiment ?... Sa voix est forte, aiguë, d'autant plus excitée qu'il ne lui répond apparemment pas, ou alors c'est un grommellement ténu qui se perd dans les feuillages du jardin. Vous allez laisser tout ça maintenant, c'est l'heure, non, non, vous ne rangez pas, je le ferai, je préfère le faire moi-même et trier par la même occasion, jeter, il y a tant de choses... Si vous pouvez juste vous occuper de mettre le pinceau à tremper convenablement, parce que vous m'avez certifié que je le garderais dix ans mais à condition qu'il soit entretenu évidemment et ça, j'aimerais bien que ce soit vous... Le reste n'a aucune importance, laissez, je voudrais faire les comptes avec vous maintenant, je dois partir dans un quart d'heure et je voudrais, venez, on va faire ça à la cuisine, venez... Comment ?... Oui, mais vous pouvez aussi vous les laver à l'eau chaude, dans l'évier... Bon. Vous me rejoignez alors ? Dans cinq minutes, parce qu'après...

Elle traverse la pelouse en se tamponnant le front et les joues avec son mouchoir d'homme, se retourne deux fois avant d'atteindre l'allée, agacée qu'il n'ait encore fait aucun mouvement pour la suivre. Elle presse discrètement son sein gauche en grimaçant, regarde furtivement vers le garage, la rue, la terrasse, craignant d'y apercevoir Nann ou quelqu'un qui pourrait la voir dans cet état, son visage, juste avant qu'elle disparaisse sous le coin de la fenêtre, semblait congestionné et inquiet, comme si elle doutait d'avoir la force d'atteindre la cuisine et d'arriver à dominer son malaise pour la séance des comptes.

L'ouvrier rebouche tranquillement son pot à côté

du cabanon, donne deux ou trois coups de marteau sur les bords du couvercle. Il agite le pinceau qu'il a mis avec la baguette de bois clair dans un bocal rempli aux deux tiers d'un liquide foncé, il l'examine, appuie les poils contre la paroi, l'examine à nouveau, recommence et pose finalement le bocal sur un morceau de carton par terre à côté du pot et du marteau. Il ramasse des journaux, les fourre dans le vieux seau, essuie ses mains avec le chiffon qui pendait de sa poche, le laisse tomber sur le seau, regarde ses doigts, les respire. Puis il prend le balai, ses épaules luisent au soleil. Quand elle s'accoude au rebord de la fenêtre grande ouverte, il lève la tête vers elle en souriant et continue à balayer des copeaux, des petits bouts de bois sur les dalles devant le cabanon en formant un tas près de la porte. Elle cherche quelque chose à lui dire. Il laisse le balai là où il a fait le tas, le manche appuyé contre le mur. A ce moment-là, elle sait, elle formule la question sur son nom, mais ça se perd, s'interrompt parce qu'il se retourne et la regarde tout en se dirigeant vers la maison, il dit quelque chose qu'elle ne comprend pas avec un air blagueur, en esquissant des mouvements de danseur de flamenco. Elle rit. Elle entend peu après la voix surfaite de sa mère qui l'accueille à la cuisine : Alors, mon p'tit ami, passons aux choses sérieuses... ! En fermant la porte.

Nann s'assied au soleil sur le bord de la fenêtre, cale son dos et ses pieds entre les montants, allume une cigarette, secoue doucement la tête en souriant, amusée, riant même quand elle imagine que sa mère a dû le voir depuis la cuisine gesticuler en dansant sur le gravier, faisant claquer ses doigts les bras levés, Passons aux choses sérieuses... Il y avait chez cet homme une espièglerie, une insolence, quelque chose de pétillant qui lui rappelait Michel, c'était ce côté-là qui l'avait séduite, ses blagues, son insouciance, sa drôlerie, tout ce qu'elle appelait sa formidable joie de vivre tandis que ses parents déploraient son manque de maturité, son caractère instable, dépensier, bluffeur, inconscient, tout fou, ce qui, à vingt-cinq ans tout de même, et quand on s'apprête à devenir chef de famille... tout fou... ou foufou... il fait le fou, il a fait le fou sur la route, ça lui pendait au nez, depuis le temps qu'on lui disait... et toi, ma pauvre chérie... tu ne peux pas, tu ne pourras jamais, avec ces dettes, ces charges et les petites qui... viens à la maison, c'est trop grand pour moi toute seule et tellement sinistre depuis que ton père n'est plus...

Les pas de sa mère traversent rapidement l'entrée, s'étouffent sur l'épais tapis de sa chambre. Il est donc seul pour deux minutes à la cuisine et se lave probablement les mains dans l'évier, elle entend le bruit d'un robinet et de l'allumage du chauffe-eau sous l'escalier. Au mur, des pastilles lumineuses dansent sur l'affiche de la carte du monde, tressautent sur les pâles courants des océans, les reliefs bruns et ocre des côtes américaines, s'allongent en éclaboussant les bords glacés des pôles et l'Asie, le dossier de la chaise, les photos punaisées sur la porte de l'armoire et ses genoux aussi, ça vient d'une petite boule très légère recouverte de minuscules confettis argentés qui tournoie et tremble imperceptiblement en captant le soleil, suspendue au plafond par un fil.

Elle écrase sa cigarette sur le bord de la fenêtre, fourre le mégot dans un papier chiffonné, se précipite dans l'escalier, un cri de sa mère freine son élan au moment où elle atteint la porte de la cuisine, elle sent sa main agripper fermement son bras, ses ongles s'enfoncer dans sa chair : Non ! Je regrette mais je n'ai pas fini !...

Il s'essuie les mains debout devant l'évier en les regardant d'un air méfiant, agacé peut-être, les sourcils froncés. Sa mère tire son bras en arrière tandis qu'elle passe devant elle en lui donnant un dur coup de hanche de côté puis, la lâchant soudain, elle lui fait face en occupant toute la largeur de la porte, un ordre furieux et menaçant jaillit de ses yeux, de sa respiration courte et sifflante, du léger tremblement de sa bouche. Nann recule en se frottant le bras : Excuse-moi, je croyais que tu avais fini... Je vais l'attendre dehors alors.

– Comment ?, qu'est-ce que... ?

Nann se détourne puis, tout en lui assurant que ça n'a aucune importance, elle ouvre la porte et sort, s'avance d'un pas hésitant vers le portail, pieds nus sur le gravier.

Le soleil donne sur les façades d'en face, les volets ou les stores fermés, les portes brunes des garages. On entend un peu plus bas la lutte douce et irrégulière des vagissements d'un nouveau-né et d'une voix féminine vieillotte, le faible tintement d'une pendule, une sirène d'ambulance très loin et peut-être des bruits d'eau juste derrière les haies, des insectes dedans, quelques oiseaux en stries sur des respirations imaginaires de siestes à l'ombre, enfants, chiens, vieillards sommeillant près des fleurs assoiffées, une voiture passe, éclairs vifs sur les vitres sombres, la voix de la femme se pose en chantonnant sur les derniers gloussements du bébé, lait tiède et sucré, caresses, Vincent, son nom fait craquer des membranes sèches à force de vibrer dans l'attente, et lui maintenant : je vais l'attendre dehors...

Elle ne sait pas, elle l'attend en effet, le front posé sur le haut du portail de fer, les mains enserrant les longues spirales des barreaux, un passant dans la rue la croirait dans une cage... et la voix se rapproche, indistincte d'abord, puis : Bon, j'ai votre numéro de toute façon, mais si jamais vous changez pour une raison ou pour une autre, ce serait gentil de me prévenir parce que j'envisage, je vous l'ai dit, pas tout de suite, je dois d'abord me renflouer un peu avant de...

Nann se retourne, soutient le regard sévère de sa mère, sourit en voyant l'ouvrier derrière elle et dit : Ah, vous avez fini ?... C'est mon tour alors...

– Mais il est déjà trois heures et tu ne peux pas le retenir maintenant, on a fait les comptes, c'est...

Il regarde Nann. Elle bloque le battant de la cloche, ouvre le portail et sort sur le trottoir.

– Mais tu es pieds nus !, s'écrie sa mère. Il s'avance, se gratte le torse à-demi tourné vers elle : Bon, bah, voilà...

– Vous n'avez rien oublié ? Vous... ?

– Non.

– Eh bien au revoir alors et merci, vraiment, merci pour tout... Elle fait un mouvement de la main mais, comme il n'a pas l'air prêt à lui tendre la sienne et qu'elle n'y tient pas trop finalement, elle la met dans sa poche. Et à une prochaine fois, j'espère, je ne peux pas vous dire quand mais je pense que...

– Oui.

Elle se tamponne le visage avec son grand mouchoir en s'approchant du portail ouvert. Il rejoint Nann qui fait un geste vers la moto garée sous l'arbre au bord du trottoir.

– Et toi, Nann ?... Faiblement, essayant de comprendre, de prévoir la suite de cette scène étrange et inattendue, elle ne va pas, elle... dans sa jupe claire et pieds nus, les cheveux défaits, un air de gamine, de... elle minaude comme une gamine, si petite à côté de lui, ces épaules qu'il a, ce... Et, voyant que Nann a posé sa main sur le bras nu de l'ouvrier, elle se détourne brusquement, étouffant un cri dans son mouchoir, elle rentre, vite, claque la porte, ça recommence, c'est cette chose que Lili a remuée l'autre soir, ce bonhomme qui, et Nann maintenant, elle a touché son bras, et les voisins, Fisch, mon Dieu, si Fisch... elle l'a, en pleine rue, elle l'a... Elle suffoque, ouvre grand la fenêtre de la cuisine, s'appuie au bord, inspire et expire longuement, plusieurs fois, attentive au bruit du moteur de la moto et se détend enfin en l'entendant démarrer, accélérer prudemment pour descendre du trottoir puis vrombir furieusement en remontant la rue.

Soulagée, elle s'assied et songe, en voyant son bloc où elle a inscrit le détail de ses comptes avec lui, à ces deux cents francs qu'elle est allée chercher dans sa chambre et qu'elle lui a donnés sans savoir pourquoi, à la fin, c'était trop, beaucoup trop, il a eu l'air lui aussi de trouver que j'exagérais un peu mais il les a pris sans se faire prier et il m'a dit merci, à ce moment-là, quand même... et j'ai eu l'impression qu'on était quittes alors, que c'était terminé et propre entre nous, cent francs auraient suffi mais si j'avais senti le moindre malaise ou la moindre pointe de moquerie, de mépris, de je ne sais quoi de désagréable... non, non, j'ai bien fait, j'ai eu raison de ne pas sous-estimer le prix de ma tranquillité, de mon sommeil... Rémi était le premier à dire qu'on se trompe bien souvent dans l'évaluation du prix des choses, il ne comprenait pas... combien de fois on se sera chamaillés lui et moi à propos de ces sommes finalement ridicules, deux cents francs, il lui aurait peut-être donné trois cents, lui, ou rien du tout... il aurait juste arrondi de trente ou quarante francs, Rémi, parce qu'il n'aurait pas eu l'impression de rien devoir à cet homme, tandis que moi... toutes ces situations pénibles auxquelles je dois faire face toute seule sans personne pour me conseiller, m'approuver, m'apaiser... Ah...

Elle déplie son mouchoir, essuie son visage, son cou, ses mains moites, puis, le front sur sa main, elle fixe une fleur de la toile cirée, sans parvenir à saisir une pensée dans l'espèce de magma qui l'étreint, accablée, désemparée, avec tout au fond ce fourmillement exaspérant signalant une attente, une crainte, une protestation anciennes et indéfinissables.

Nann ne revient pas.

Après avoir regardé par la fenêtre de sa chambre si elle était encore dans la rue, elle l'a cherchée dans le jardin puis au rez-de-chaussée, à l'étage, partout, en l'appelant doucement, craignant d'alerter les voisins et désirant en même temps que l'un d'eux puisse la renseigner. Debout dans le séjour face à la grande fenêtre, elle apercevait, au-delà des framboisiers et de la barrière refaite à neuf, Fisch en salopette, son vieux panama sur la tête, ajustant son échelle contre le tronc du cerisier... Je ne comprends pas..., répétait-elle en secouant la tête dans la sensation d'une défaite imméritée, d'un abandon qui réveillait une angoisse à la fois enfantine et maternelle dont elle s'efforçait d'endiguer les poussées en laissant plus de champ à son indignation, elle aurait pu me prévenir au moins, me dire, que je sache, que je ne sois pas là, idiote, à... je ne comprends pas.

La chaleur et le calme l'écrasaient, la poussaient dans un trou. Elle savait qu'elle pourrait se ressaisir en prononçant une phrase dure de renoncement, de colère, puis une autre énergiquement brandie vers la masse informe de cet après-midi solitaire qui lui faisait l'effet d'un gros mollusque à pourfendre, à hacher menu en accumulant des activités importantes et utiles. Elle connaissait ces phrases, leur pouvoir immédiat plus réconfortant que les prières, mais son esprit s'obstinait encore à trouver une explication plausible, que pouvait-on faire à cette heure-ci dehors, pieds nus, sans argent, sans sac à main, sans rien... ?

Elle retourne dans sa chambre, se penche par la fenêtre et regarde les trottoirs déserts, les portes métalliques fermées du bloc des six garages, les murs, les haies touffues, un cycliste traversant le carrefour plus bas et en amont la pente qui s'accentue en rétrécissant à l'approche de la forêt... Et soudain, sans savoir si c'est la vue de l'arbre sous lequel il avait garé sa moto, le mouvement d'un store en face, un vrombissement lointain de vélomoteur, l'aperçu de petit linge clair séchant au soleil dans un jardin, une odeur dessus, un chat, ou tout cela mélangé, mixé, aussitôt absorbé par son cerveau fouetté mais c'est son cœur qui prend le coup, elle recule, haletante, une main crispée sur sa poitrine, l'autre cherchant à tâtons le bord de son lit où s'asseoir, où s'étendre, elle transpire, comme si elle venait de les voir enfourcher ensemble la moto, Nann posant ses mains sur, tandis que ses cuisses, sa jupe, et ses cheveux roux défaits, gamine, folle, la poitrine collée au dos de cet homme dont la chemise, les bras, elle avait touché son bras en le regardant avec un sourire, minaudant, elle avait l'air de lui demander quelque chose, et la moto juste après, l'accélération violente et longue dans la côte, elle l'avait entendue et c'était comme un câble qui se tendait pour se rompre, ces décollages d'hélicoptère marquant la fin du danger dans les films, l'issue de la catastrophe, le cri du démon poussé dans le vide, tout ça, un peu, il y avait un peu de tout ça dans ce vacarme exceptionnel car les autres jours il s'en allait dans l'autre sens et discrètement... Son départ anormalement bruyant aujourd'hui pouvait être l'expression d'un triomphe, d'une joie due aux deux cents francs qu'elle venait de lui donner, mais si Nann, l'idée de Nann à califourchon derrière lui... Cette image, et surtout la ribambelle de celles qui défileraient derrière ou étaient contenues dedans pour peu qu'elle s'y attarde, ce qu'en aucun cas elle ne...

Allongée sur le dos, elle souffle, la bouche ouverte, s'essuie le cou, la gorge, les yeux fermés, lourde, vieille, dépassée... sans parvenir à se détendre parce qu'elle guette encore, attentive aux moindres bruits, sur le qui-vive, c'est-à-dire en lutte contre d'obscurs tourbillons et l'angoisse de mourir, seule, loin du téléphone, abandonnée dans la maison vide... un effroi qui lui redonne la force de se lever prudemment pour aller boire et prendre ses cachets à la cuisine... Je ne comprends pas... j'avais espéré que l'expert, même s'il ne m'est pas sympathique, j'avais l'impression que Nann avait envie qu'il s'intéresse à autre chose qu'à ses finances, je croyais que sa susceptibilité après ses visites... hier soir... ou peut-être qu'ils se sont parlé hier pendant que j'étais partie à l'épicerie, peut-être qu'elle a compris qu'elle n'avait aucune chance, il est peut-être marié, cet homme, il lui a peut-être dit hier soir quelque chose qui l'a déçue et poussée aujourd'hui à se jeter au cou du premier venu, un ouvrier de trente ans sans aucune éducation, un vagabond, une brute, comment peut-elle, comment... ?

Elle allait et venait dans la cuisine, répétant à mi-voix qu'il fallait absolument qu'elle s'occupe à quelque chose, mais tant que Fisch n'avait pas terminé sa cueillette, elle ne pouvait pas aller dehors, il l'interpellerait avec son rire idiot, lui imposerait un nouveau kilo de cerises, lui ferait peut-être remarquer que la barrière à tel endroit n'avait pas l'air très solide, voudrait savoir combien elle avait payé l'ouvrier, lui ferait sentir qu'elle s'était fait avoir, et votre fille au fait... Il devait la guetter du haut de son échelle pour pouvoir claironner bien fort qu'il l'avait vue s'en aller à moto en petite jupe et pieds nus accrochée à l'horrible débardeur de ce type... et ces allusions blagueuses qu'elle ne comprenait même pas, ces petits regards fouineurs et dégoûtants... Non. Il valait mieux d'ailleurs, vu son état, attendre la fraîcheur du soir pour s'activer dehors. Et dedans, du ménage, du linge, ranger, penser à mes bagages si je m'en vais lundi... mais demain, tout ça, demain... Mon rendez-vous de coiffeur, je ne peux pas y aller si Nann... mais mes cheveux...

Elle retourne dans sa chambre pour prendre un

mouchoir propre, un beau, ocre-rose, pris dans la pile de ses préférés. Elle regarde la photo de Rémi, la tient à deux mains devant son visage, l'interroge : Dis-moi, dis-moi... !

Le sourire familier, noir et blanc, les yeux doux un peu rêveurs sur fond ouaté ne lui sont aujourd'hui d'aucun réconfort. Elle y sent une lueur de moquerie ou d'indifférence. C'est le sourire de Lili quand elle lui fait la grâce de rester à table ou de l'écouter, de faire semblant de l'écouter... Tu t'en fiches évidemment, tu t'en contrefiches, toi !, s'écrie-t-elle en reposant le cadre, la face contre le marbre de sa commode, c'est facile et confortable, la vie éternelle !, mais c'est tout autant ta fille et je ne vois pas pourquoi moi, pourquoi c'est toujours à moi de... alors, de là-haut, de si loin, ça fait sourire, évidemment, ce sang d'encre que je me fais, est-ce que je dois aller chez le coiffeur ?, est-ce que je peux ?, est-ce que si le téléphone, un drame, dans quel état, Nann, si jamais... ?, et je ne peux compter sur personne pour répondre, pour attendre à ma place, et toi, vivant ou mort, je n'ai jamais pu compter sur toi dans des situations pareilles, vivant ou mort, tu m'as toujours, tu...

Elle s'effraie, retourne le cadre, murmure qu'elle est trop seule, que c'est trop dur, lui demande pardon, au bord des larmes, en frottant soigneusement le verre avec son beau mouchoir, puis elle se calme et s'imagine que ce sont ses appréhensions excessives qui le font sourire, elle a toujours dramatisé dès qu'il s'agissait de ses enfants, Nann a trente-sept ans, laisse-la, détends-toi et va tranquillement à ton rendez-vous de coiffeur...

C'était juste un tour, un petit tour, une vingtaine de kilomètres dans les bois là-haut puis la descente vers le fleuve à moitié couchés dans les virages, retour par les chemins réservés aux tracteurs et les petites routes entre les champs hauts, les plantations de cerisiers où des familles entières participaient à la cueillette, les plus âgés et les plus jeunes étant délégués à la vente au détail. Il y avait tous les deux ou trois cents mètres des panneaux en carton indiquant « cerises », le mot ou simplement le dessin colorié, devant un stand improvisé sous un parasol au bord de la route où l'aïeul et les petits attendaient ensemble l'éventuel client en jouant à la marchande, alignant sur une table de camping branlante des barquettes prépesées autour d'une vieille balance à poids, chassant les guêpes et recomptant indéfiniment leur monnaie dans une petite boîte en fer blanc.

Il roulait lentement. Nann regrettait de ne pas avoir d'argent pour pouvoir d'un même geste contenter les vendeurs et Mario, il lui avait enfin dit son nom. Elle était sûre qu'une livre de cerises lui aurait fait plaisir, de même elle sentait qu'il était heureux de cette petite escapade improvisée avec elle. C'était aussi simple et excitant qu'un tour de fête foraine où ils auraient délaissé les attractions violentes pour celles où on se balance sans peur, tourne doucement en s'envolant avec juste ce petit effroi qui fait rire quand les chaînes se détendent très haut puis ce vertige qui fait rire aussi en descendant de la nacelle... Elle ne le touchait pas depuis le dernier virage de la longue descente pendant laquelle elle s'était étroitement collée à lui. Elle se tenait des deux mains à la poignée fixée derrière elle, de temps en temps sa cuisse effleurait la sienne, il avait mis son casque et quand elle le regardait elle pensait à Vincent, imaginait sa tête à l'intérieur et ses épaules sous le blouson de cuir vert, se demandant où il était, ce qu'il pouvait bien faire à cette heure-ci et pourquoi tout était si compliqué avec lui, pourquoi les hommes qu'elle sentait prêts... Mario, maintenant, il suffisait de si peu... si peu, elle aussi, elle le savait, tentée alors qu'ils approchaient des faubourgs... mais bien souvent après, quand ça devenait après... et Vincent... Ce besoin de le voir ou au moins de l'entendre tout de suite, oser une fois, oser l'appeler et croire qu'il en éprouverait la même surprise et le même bonheur qu'elle lorsque c'était enfin et vraiment lui au bout du fil...

Elle guette une cabine, touche son épaule. Le cœur battant, elle lui demande de s'arrêter puis s'il peut lui prêter de quoi téléphoner. Il ouvre son blouson, met sa main à l'intérieur et en sort son portable.

– Non, dit-elle, je...

– Non mais allez-y !...

– C'est que je ne suis pas sûre du numéro et...

Il lui dit d'appeler les renseignements et prend dans sa poche un minuscule crayon et un carnet pour noter le numéro quand elle le lui dictera, il devait voir qu'elle était trop énervée pour écrire et n'avait pas l'habitude de se servir d'un portable. Elle se détourne quand elle prononce son nom, le nom de Vincent, puis elle lui crie presque le numéro énoncé par une voix féminine synthétique, rouge, les yeux brillants, écarquillés, affolés sans doute, il la regardait... Elle lui rend nerveusement son appareil sans savoir sur quel bouton appuyer pour couper la communication. Il le prend, compose le numéro de Vincent qu'il vient d'écrire et tout va si vite alors, cette panique, cette espèce de défi venant de lui assis à califourchon sur sa moto, la regardant les sourcils relevés sous son casque tandis qu'une voix d'homme... quelques secondes pour comprendre qu'il s'agit de son répondeur, un soulagement, elle s'écarte, appuyant de toutes ses forces le boîtier contre son oreille droite et sa paume sur la gauche, l'asphalte brûlant sous ses pieds nus, elle dit très vite sans savoir si elle a bien attendu le signal sonore annoncé, elle dit trois phrases, quatre peut-être, courtes, si tu m'entends avant ce soir... elle se souvient de ça en serrant juste après le portable entre ses cuisses pour couper, Mario pousse alors sa moto jusqu'à elle, Ça y est ?, ça va ?... Il a enlevé son casque. Où est-ce que je vous emmène alors ?...

– Nulle part, merci. Je vais rentrer à pied, ça me fera du bien de marcher.

– Sans chaussures ?

– Oui. Ce n'est pas très loin de toute façon.

– Si jamais vous changez d'avis ou si lui, enfin...

– Vous pensez que c'est idiot ce que je lui ai dit ? Vous croyez que... ?

– Ah je ne sais pas ce que vous lui avez dit, avec mon casque je ne risquais pas d'entendre.

– Alors pourquoi vous... ?

– Mais rien... Je vois comme ça vous remue, c'est tout. Lui, il le voit pas, et le téléphone souvent, ça fausse... Elle le regardait, anxieuse, au bord des larmes.

Il touche son épaule, soulève ses cheveux, lui donne en souriant un coup sec du bout du doigt sous le menton, comme une chiquenaude, puis il lui tend la page arrachée à son carnet sur laquelle il a noté le numéro de Vincent et ajouté le sien dessous avec son nom entre parenthèses : Vous pouvez m'appeler. Normalement jusqu'à la fin octobre...

Elle l'embrasse sur la joue et il la retient un moment en la serrant contre lui, elle ne comprend pas ce qu'il lui dit tout bas, la bouche dans ses cheveux.

En rentrant vers six heures de la piscine avec Priscilla, les jumelles ont trouvé leur mère assise sur la terrasse, les cheveux mouillés, en train de se vernir les ongles de pied sous le parasol. Elle avait l'air de bonne humeur. Momm non, quand elle arriva vingt minutes plus tard, exténuée, bizarrement pomponnée et contrariée par sa nouvelle coiffure qu'elle ébouriffait avec ses doigts, brossa ensuite énergiquement dehors pour essayer de redonner de la souplesse à ses cheveux empesés, j'ai beau le lui dire chaque fois, grommelait-elle, il ne peut pas s'en empêcher, il m'en met toujours cent fois trop !

Malgré les distractions que la présence de Priscilla rendait plus amusantes et plus variées, elles sentirent entre les deux femmes une tension dont l'origine obscure demeurait de toute évidence étrangère aux méfaits du coiffeur. Elles s'évitaient, Nann plutôt absente, feuilletant une revue sur la terrasse, Momm très active au contraire, un contraste connu qui ne laissait rien présager de bon. Et lorsque leur mère en entendant la sonnerie du téléphone a brusquement jeté sa revue pour se précipiter à l'intérieur, elles ont vu Momm se redresser au-dessus des rosiers et rester la tête tournée vers la porte ouverte du séjour, attentive et soucieuse, puis se courber brusquement et replonger son outil dans la terre quand Nann s'est approchée en lui demandant si elle pouvait prendre la voiture ce soir.

– Mais tu prends tout ce que tu veux, tu es libre !, sans la regarder.

Nann reculait, hésitante, la main sur ses cheveux.

– Bon. Je voulais m'assurer que tu n'en avais pas besoin.

– Je suppose que ça veut dire que tu sors.

– Oui. Je ne dînerai pas.

– C'est gentil de me prévenir. Parce que j'imagine que ça veut dire aussi que tu rentreras tard.

– Oui.

– On avait convenu, il me semble, qu'on ferait nos comptes ce soir... Mais je me doute bien qu'il y a des choses bien plus amusantes et plus urgentes à faire pour toi un samedi soir...

Nann a regagné le séjour sans répondre et Momm s'est remise à cogner plus vite et plus durement les mottes de terre sèche avec les dents courbes de son outil rouge. Les petites, assises dans l'herbe où elles étaient en train de trier leurs images, se regardent, se comprennent, demandent en chuchotant à Priscilla de rester dormir ici. Non, vous, dit celle-ci en fille unique très attachée à son lit, vous venez coucher chez moi. Impossible. Reste au moins pour le dîner, dit Wanda en cherchant dans son paquet les images que Priscilla convoitait et qu'elle était prête maintenant à lui céder en échange de ce service dont l'autre ne semblait toujours pas mesurer l'importance.

Il lui a dit : Tu veux que je vienne ? et elle a répondu non, moi je viens, je préfère venir. Une pause. Elle l'imaginait marchant dans l'une de ses grandes pièces vides. Il a demandé un peu sèchement : Et pourquoi pas chez toi ?

– Parce que... parce que ça n'existe pas, chez moi, tu le sais bien.

Soupir.

Elle : On n'est pas obligés... On peut se promener, dîner quelque part, aller au cinéma. On pourrait, pour une fois, se voir autrement. Dehors... J'aimerais bien, moi. Son cœur battait, elle s'était réfugiée dans le petit cabinet de toilette. Juste passer une soirée ensemble. On ne l'a jamais fait. Et, comme il continuait à se taire, elle lui a dit : Tu m'as rappelée.

– Oui.

– Pourquoi ?

– Pour... Parce que ça m'a fait plaisir que tu m'appelles.

– Vraiment ?

– Oui.

– Si tu avais été là, si tu avais décroché... Tu étais là ?

– Non.

– Vincent... pourquoi est-ce qu'on a peur ?

– Peur ?

– Oui. Toi aussi.

– Mais non.

– Alors je viens ?

– Oui.

Plus tard ils remonteront le drap blanc sur eux et ils fumeront, allongés l'un contre l'autre sur le dos. La fenêtre qui occupe les trois quarts du panneau opposé au lit est grande ouverte sur le soir, le ciel encore très clair, côté jardin. Ils se passent la cigarette, en détachent de temps en temps la cendre au bord d'un petit cendrier chinois rond, vert fileté d'or et bleu à l'intérieur, qu'il a posé sur son ventre, à la pointe du triangle formé par les dernières côtes. C'est une grande chambre avec une armoire à glace, des étagères métalliques, un guéridon, un fauteuil, une table de nuit et c'est à peu près tout. Chaque objet, chaque meuble semble avoir une place définitive. Même l'affiche de couleur vive sur le mur blanc a quelque chose de mort sous le verre.

Elle dit : Tout est très ordonné ici. Ça repose.

Il ne dit rien. Il éteint la cigarette, laisse sa main sur le cendrier et ferme les yeux. Elle se tourne vers lui et caresse sa cuisse sous le drap, sa hanche, son ventre, son sexe mou qui tressaille chaque fois que ses doigts l'effleurent en passant. Elle le regarde sourire. Son profil si paisible se découpe dans le grand rectangle encore clair du ciel où filent des martinets dont les appels excités ouvrent un espace infini au bord de ses pensées arrêtées sur son visage somnolent : le front, les paupières closes, le nez, les lèvres minces, les rides au dessin plus fin encore que les ailes pointues et noires de ces oiseaux dont l'œil ne peut suivre le vol tant ils sont rapides, agités, imprévisibles et fous, mais prudents cependant, jamais ils ne se heurtent à un autre, jamais ils ne se cognent au mur vers lequel ils se précipitent, comme s'ils connaissaient exactement leur trajectoire, solitaires et sûrs, magnifiquement libres... Revenant sans cesse à cet éblouissement : je suis chez lui, dans son lit, dans sa chambre, chez lui... elle lui murmure que c'est comme dans un rêve où elle serait un de ces martinets qui viendrait de se poser, de s'accrocher à un mur, entre deux vols, tu les entends ?

– Oui.

– Est-ce que tu voudrais que je te laisse maintenant et que je reparte ?

– Non. Tu fais comme tu veux.

Et, après une pause, elle dit encore : Tout ce foutoir là-bas, ma chambre, ce foutoir dans ma vie... et toi...

Il pose le cendrier sur la table de nuit, se tourne vers elle, l'embrasse... Elle rit doucement entre ses baisers : mon expert, mon bel expert... Il lui dit qu'il aime son corps, le foutoir de son corps, le grand foutoir que son corps fait en lui, et ses mains de nouveau, sa bouche, son poids, son souffle, j'aime ça, il le dit gravement, les yeux fermés tandis que son membre glisse en elle, s'enfonce, touche l'endroit où les larmes giclent bien qu'elle s'entende rire, emportée, soulevée, des fruits juteux éclatent dans sa gorge, orange, pourpre, et plus bas des filets craquent renvoyant à la mer des bordées de petits cris, fretin, nuées de vieux mots crevés, pulvérisés dans l'écume et les vols désordonnés des martinets montant et descendant éperdument dehors...

Dan rit dans la chambre. Tout ce qui est horrible, cucul, bourge, il le casse, le déchire. Il est saoûl et elle a peur. Dimanche matin, le soleil depuis longtemps diffuse par les fentes des volets fermés une chaleur jaunâtre de plus en plus pesante dans le faux silence de la campagne pleine de respirations de grosses bêtes broutant, d'insectes, d'oiseaux, de petits rongeurs en fuite dans les bois où ils ont laissé le scooter cette nuit mais elle serait incapable de retrouver l'endroit, et de toute façon, même en prenant les clés dans la poche de son blouson qu'il a jeté sur le lampadaire renversé, elle ne saurait pas le faire démarrer, et elle en veut à sa mère de ne pas lui avoir permis de s'acheter un scooter, elle en veut à Dan d'avoir toujours refusé de lui apprendre à s'en servir. Et elle s'en veut aussi d'avoir été aussi idiote, de ne plus avoir regardé les panneaux sur la route cette nuit ni le compteur pour savoir à peu près à quelle distance maintenant, nord, sud, elle ne sait rien.

Assise contre le mur sur le lit, les bras serrant ses genoux ramenés contre sa poitrine, courbaturée, nauséeuse et tout engourdie de fatigue, elle l'entend jurer et rire dans la salle de bain où il découvre encore des choses à casser, les mêmes produits que sa mère, il gueule ça : Comme ma vieille, du Chanel, je connais, body-lotion Chanel, body de pouffiasse Chanel, je connais, tu voudrais pas t'en mettre un peu sur tes coups de soleil ?, Lili !, tu voudrais pas ?... Non, tu veux pas ? Je le fous en l'air alors... Voyant le saccage autour d'elle, la confiture, les bouteilles renversées, le vin rouge sur le tapis, le drap... ça remonte, l'envie de vomir bien qu'elle n'ait plus rien dans le ventre. Elle se racle la gorge, se masse la tête, mal, mal partout, et, quand il lui crie qu'après sa douche Armani for men il voudrait réessayer la position X, celle que t'as pas réussie tout à l'heure, elle cherche ses vêtements, ne trouve que son jean et ses chaussures, il faudrait que tu t'entraînes, là, t'es pas assez souple, c'est ça, elle enfile une chemisette de soie fleurie trop grande pour elle, ou alors t'es trop coincée aussi, c'est sûr que c'est pas ta vieille et ta mémé, il rit et se met à jurer sous le premier jet encore froid de la douche...

Elle sort sur la pointe des pieds, descend, ouvre et

referme sans bruit la porte de la cuisine par laquelle ils ont dû entrer cette nuit, venant des buissons et du bois, là-bas, mais le jour tout est tellement différent le jour – cette image nette au-delà du gouffre dans lequel elle avait peu à peu sombré en se mettant à boire dans les bistros où Dan jouait les grands seigneurs, payant tournée sur tournée à des types qui traînaient là, en bande, et qui en échange avaient dû lui donner l'adresse d'une bonne planque sûre et confortable où passer la nuit, cette résidence secondaire isolée et tranquille... une image de jour dans la forêt, la veille, c'était là que tout avait commencé, quand Dan avait ralenti, prétendu entendre des drôles de bruits et dit qu'il valait mieux s'arrêter, attendre que le moteur refroidisse, et en attendant, il avait envie, lui, viens-là, à l'ombre, on sera bien, de toute manière on peut rien faire qu'attendre... Ça avait commencé là, quand il l'avait prise d'une façon, ou tordue plutôt, ça lui faisait mal, et il l'avait lâchée alors, elle s'était excusée, non, non, c'est pas grave, furieux en fait mais quand il avait vu qu'elle pleurait, il l'avait consolée gentiment, c'est pas grave, c'est normal que ça marche pas du premier coup... Et il l'avait lâchée hier dans la forêt, mais ce matin non, ce matin, dans les draps de ces riches, ces sales bourges, grognait Dan en lui enduisant le corps d'elle ne savait quoi qu'il lui mettait partout comme il avait vu que ça se faisait dans les films et les émissions qu'il regardait la nuit tranquille dans sa chambre sur des chaînes que vous évidemment vous captez pas, mes parents, ils sont cons mais ils sont pas coincés comme tes vieilles, ni comme toi, je voudrais que tu me mettes de ça dans le cul maintenant, elle court, elle court du plus vite qu'elle peut dans la direction opposée aux bosquets et au bois où elle imagine qu'ils ont laissé le scooter, pensant qu'elle aurait dû prendre au moins un peu d'argent dans le blouson, son portefeuille dans le sac, son sac à dos, où est-ce qu'il était dans ce foutoir ?, tout votre foutoir, dit Momm, sans argent, sans rien... pensant qu'elle doit éviter les routes, qu'elle ne peut pas faire de stop avec cette chemise de femme trop échancrée et trop grande pour elle et ses seins qui ballottent dessous, ça fait mal, je t'interdis, je t'interdis, répétait sa mère, je préfère te donner tout ce que tu veux comme argent pourvu que tu me promettes de prendre un taxi si jamais, je veux que tu aies toujours sur toi de quoi téléphoner et prendre un taxi... pensant qu'il va falloir qu'elle coure pendant des kilomètres et des kilomètres, à travers champs, passer des barbelés, des fossés, des ruisseaux, se tenir à l'écart des fermes, des villages, courir jusqu'à ce qu'elle n'ait plus peur, le soleil dans le dos, le seul repère : la maison, la douche, la position X sont dans le soleil qui tape et qui avance moins vite qu'elle, c'est sûr, ça au moins c'est sûr, mal, soif, mon t-shirt, si au moins j'avais trouvé mon t-shirt ou mon pull, quelque chose à moi, ces petits cailloux dans mes chaussures, chaud, mal, pourquoi Dan, pourquoi ?...

« Chère Momm, lit-elle en revenant de la messe, on est parties faire un grand tour en vélo avec le pique-nique. On sait pas quand on rentre. Bisous. P.S. : Maman sera là autour de cinq heures. »

Ce n'est pas la première fois qu'elle est ainsi mise devant le fait accompli, leurs improvisations de dernière minute justifiant toujours que personne ne pense à la prévenir ne serait-ce qu'une heure avant. Elle regarde la pendule, calcule qu'elle s'est absentée deux heures en tout parce qu'elle a été retenue à la sortie de l'église et qu'elle est passée au cimetière. Est-ce qu'elle les aurait vues si elle était rentrée directement, arrivant au moment où elles fixaient leurs sacs sur les porte-bagages, et ce « on », tellement vague, qui ?, combien ? et Nann... Elle avait donc appelé après avoir passé toute la nuit dehors sans donner un coup de fil, elle avait quand même fini par téléphoner mais sans laisser de numéro où la joindre et en choisissant une heure où elle savait que j'étais à l'église... gardant la voiture sans penser que j'aurais très bien pu prévoir d'aller à la messe ailleurs, être invitée à déjeuner quelque part, je peux moi aussi avoir des choses, des projets... L'apaisement acquis grâce à ses prières puis à ses confidences murmurées tout en jardinant sur la tombe de Rémi fondait à la relecture de ces lignes insipides, griffonnées à la va-vite, pleines d'insolence, de sournoiserie et de petits pieds de nez... En clair : on la laissait tomber, on n'avait cure de l'abandonner tout un dimanche par cette chaleur orageuse, seule avec ses soucis, ses chagrins, ses palpitations, ses douleurs...

Elle froisse le papier, le fourre dans la poubelle, met ses mains sur ses seins, les presse puis les lâche en soupirant. Elle s'essuie le cou et le visage avec son beau mouchoir et essaie de se donner du courage pour affronter cette journée triste et solitaire en énumérant à haute voix les tâches à accomplir, celles de chaque jour avec la préparation du déjeuner en moins, la seule variante très préoccupante d'ailleurs concernant ses bagages, mot qu'elle évite de prononcer trop souvent bien qu'elle ne pense plus qu'à ça depuis son lever, mes bagages, mes bagages à faire... accablée comme si elle était déjà en train de les porter à bout de bras seule et épuisée sur une route poussiéreuse de campagne en plein soleil.

Elle met de l'eau à chauffer pour son café puis décide de commencer par faire des listes au dos de trois vieilles enveloppes : ce que je dois emporter, ce que je dois faire d'ici mon départ, ce à quoi elles devront penser pendant mon absence. Elle allume la radio. Réclames juste avant les informations de midi qui ne l'intéressent que pour le cas où on annoncerait des grèves et pour entendre la météo, redoutant le maintien de la chaleur autant que l'arrivée de pluies, d'orages, de refroidissements subits et fréquents dans ces régions l'été, elle note : chandail, chaussures (deux paires), parapluie, imperméable, mouchoirs, lunettes, argent, et dans son autre liste aussitôt : argent, bijoux, comptes-Nann...

Elle regarde la pendule de la cuisine, note sur la liste qu'elle leur destine le numéro de téléphone de Jeanine à la campagne en précisant de ne pas appeler après dix heures du soir. Puis elle regarde autour d'elle en murmurant : mon Dieu... pour ne pas dire encore : mes bagages, ne pas prononcer ces deux mots oppressants, lourds, et pourtant elle descend à la cave, monte péniblement sur le petit escabeau pour attraper sa valise sur l'étagère, redescend, s'assied et attend, essoufflée par cet effort. Elle enlève la housse de plastique qui protège la valise, vérifie que le petit sac de voyage en cuir est bien à l'intérieur. Elle le sort, l'approche de la lumière, met ses lunettes, compose le code secret de l'antivol à trois chiffres, 151, c'est-à-dire la date du quinze janvier, fête de la Saint Rémi, ce dont elle est certainement la seule à se souvenir... puis, ayant constaté que sa cagnote se trouvait toujours dans la pochette à fermeture Eclair ménagée dans la doublure, elle remonte, réconfortée et excitée par l'idée qu'elle pourrait profiter de ces longues heures tranquilles devant elle pour mettre tous ses comptes à jour.

Nann à cette heure-là se prélassait dans la baignoire de Vincent. Il était parti courir pendant qu'elle dormait encore. Elle ne savait pas quand il reviendrait ni s'il reviendrait. Ou plutôt elle se demandait si elle devait l'attendre, s'il ne valait pas mieux qu'elle s'en aille avant son retour, en rester là pour cette fois-ci, chacun filant à l'anglaise, elle avait l'impression qu'il le désirait, qu'il serait capable de prolonger son parcours dans l'espoir de trouver son appartement vide en revenant et de pouvoir replonger dans la normalité de ses dimanches, l'ordre, le silence, bien qu'il ait toujours une radio allumée, en bruit de fond, comme chez le dentiste. Le séjour ressemble à une salle d'attente de spécialiste : les coussins satinés impeccables sur le canapé, les revues soigneusement empilées sur la table, un cendrier superbe dans lequel on n'oserait même pas jeter un papier de bonbon froissé, le tapis magnifique sur le plancher ciré... ne manque que l'affairement feutré d'un personnel en blouse blanche au-delà de la musique parfois entrecoupée par une voix féminine somnambule, on attend, quand on s'assied dans le séjour, on attend non pas son tour mais des cris étouffés, des stridences d'appareils, des heurts d'instruments et de récipients en inox.

Elle vide le bain, s'essuie avec une serviette éponge vert amande, prend son doigt en guise de brosse à dents car elle n'ose pas se servir de la sienne. Elle s'habille, se coiffe avec la petite brosse qu'elle a toujours dans son sac, elle hésite à mettre les cheveux dans la poubelle vide et s'affole alors, entreprend de nettoyer la baignoire, le lavabo, d'essuyer les gouttes sur le sol et les murs carrelés, les robinets, d'effacer toute trace de son passage avec la serviette vert amande qu'elle secoue par la fenêtre, plie et finit par poser au bord de la baignoire en se demandant s'il ne vaudrait pas mieux la chiffonner un peu pour qu'il voie qu'elle a été utilisée... Mais il le verra. Il verra aussi sans doute des tas de petites choses qu'elle ne remarque pas, non seulement parce qu'elle n'a pas fait attention en entrant dans la salle de bain tout à l'heure, mais parce que sa sensibilité à l'ordre et à la propreté en général a toujours été grossière, pour citer Michel qui était lui aussi d'une maniaquerie redoutable mais n'avait par contre jamais trouvé aucun charme à son foutoir... Or Vincent, cette nuit...

Elle revient vers le lit défait, respire les draps, les oreillers, s'allonge sur le dos, les jambes écartées, les bras en croix, regardant le ciel vide dehors, sans parvenir à retrouver son émerveillement et sa gaieté du soir, comme si des jours et des semaines s'étaient écoulés depuis, oppressée, une appréhension familière, ancienne, lueurs dans la masse gélatineuse qui se dilate et semble se creuser pour qu'elle puisse y entrer, s'y enfoncer et s'y blottir tout entière, c'est tiède, d'un jaune ambré, dedans et dehors à la fois, elle devient peut-être cette masse même qui va durcir dans une vague odeur d'éther ou de formol et rapetisser en se pétrifiant, il ne trouverait plus en rentrant qu'une espèce de caillou translucide en forme de salamandre, l'astiquerait, le tiendrait haut dans la lumière et en ferait un presse-papiers, il ne m'aime pas, il ne peut pas, il ne pourra jamais... Elle murmure ces mots en fixant le plafond blanc, les mains sur sa gorge, puis elle roule sur le côté et enfouit son visage dans l'oreiller où elle croit retrouver son odeur et à travers elle peu à peu la vie, elle pense ça, la vie, et que c'est simplement parce qu'il n'est pas là qu'elle se sent si mal chez lui. Elle se lève, se dépêche de ramasser ses affaires, elle ne veut pas le voir revenir, elle a peur soudain de son retour, de la fatalité du premier regard, sûre qu'elle y verra, tout de suite, sans équivoque possible, s'il pourrait un jour l'aimer ou alors jamais...

Elle claque la porte, descend l'escalier, court jusqu'à sa voiture, roule lentement et ne s'apaise qu'en apercevant plus tard les cerisaies, peu à peu réconfortée par le souvenir de Mario et une joie puérile à l'idée de l'interrogatoire auquel sa mère ne manquera pas de la soumettre dès son retour, où étais-tu ? avec qui ? et pourquoi est-ce que tu ne m'as même pas prévenue ?... Sans savoir encore qu'elle allait la trouver couchée sur le dos en travers de son lit, des boîtes de vieux chocolats à l'emballage apparemment intouché et des cadres de photos démontés éparpillés autour d'elle, transpirant, suffoquant, raide, incapable de dire quoi que ce soit de sensé, dans un état en tout cas qui nécessiterait qu'on fasse immédiatement venir un docteur.

Quand le plus vieux des flics a dit à Lili : Ta mère arrive, dans un peu plus d'une heure normalement elle sera là, elle a senti quelque chose se soulever en elle et remonter avec la consistance et le goût de la bouillie blanche que Momm lui prépare et lui apporte dans son lit quand elle est malade, atrocement doux et tiède, et écœurant sitôt que ça fait comme des larmes épaisses et trop sucrées qui appuient au fond de la gorge, grattent. Elle se met à tousser, une quinte sèche, elle s'étrangle. Le flic lui tend un verre d'eau et dit à son collègue qu'elle a dû attraper la crève. Elle boit, essuie ses yeux, se mouche, se pelotonne de nouveau au bout du banc en ramenant la couverture sur sa tête appuyée contre le mur pour échapper comme elle peut à la présence de ce type qui la regardait boire, penché en avant, les mains sur ses cuisses, il a dû se rasseoir maintenant derrière sa table, il se remet à taper quelque chose et laisse le téléphone sonner trois fois avant de décrocher et de répondre.

Elle se bouche les oreilles en tapotant de plus en plus vite ses index contre les petits cartilages pour faire comme un bruit de moteur ou de voile qui claque dans le vent couvrant la voix du flic et l'enfonçant elle plus profond dans le mur, elle voudrait que le béton cède juste à l'endroit où son corps appuie, ça s'ouvrirait, l'engloutirait, se refermerait sans qu'ils se soient aperçus de rien et, quand il aurait fini de parler, quand sa mère arriverait, ils verraient le banc vide, le mur lisse et elle dedans bien au chaud, bien protégée dans la couverture qui gratte à travers la soie de la chemisette fleurie, sa peau tout endolorie et toute brûlée, le visage, les bras, ils ont cru qu'elle avait de la fièvre alors qu'elle avait froid, rien que froid et mal aux pieds sur le dernier banc du quai au soleil, attendant qu'un train s'arrête enfin ou ralentisse, un train de marchandises par exemple, elle y avait pensé trop tard, elle aurait pu monter en marche, s'accrocher au dernier wagon du train de marchandises qui avait traversé assez lentement la gare sur une autre voie, elle aurait dû descendre sur les rails et courir derrière et grimper au lieu d'attendre sur le banc, sans force depuis qu'elle s'était enfin assise, elle n'aurait jamais dû s'asseoir ni s'allonger après, sans savoir que c'était fini, la gare, qu'il n'y avait plus que des petites michelines locales qui s'y arrêtaient en semaine mais elles seraient supprimées à partir de septembre, avaient dit les flics, comme si ça pouvait l'intéresser, les michelines et septembre et aussi que c'était la femme du chef de gare qui les avait prévenus, le plus jeune des deux avait une moustache et des boutons plein la figure, il avait pincé la soie de la chemisette à l'épaule en ricanant : D'où tu sors ça ? C'est pas à toi, ça ! et, comme elle essayait à nouveau de s'enfuir, il l'avait attrapée et serrée violemment contre lui, elle se débattant, hurlant : Laissez-moi ! Ne me touchez pas !, et le vieux avait dit à l'autre de faire doucement en s'interposant, il lui avait passé une menotte autour du poignet et fermé l'autre autour du sien : Comme ça personne te touche, hein ? Seulement on peut pas te laisser filer comme ça !

Il y avait un petit attroupement autour de leur voiture devant la gare, une vieille en tablier, une grosse avec un petit dans les bras, des gosses et le chef de gare qui avait juste mis sa casquette pour l'occasion, tous ils plissaient les yeux, le nez remonté, la bouche ouverte et carrée, la même grimace de dégoût, de méfiance et de curiosité aussi, une fille, une fille perdue, dit Momm, une traînée, avec des grands cheveux roux, ramassée par les gendarmes, les menottes, dans leur village, à six heures du soir, on bougeait aussi dans le bistro de la place, un chien, des types à béret, la figure toute froncée pareil, tendant le cou en se penchant pour essayer de mieux voir quand la voiture passerait à leur hauteur, elle à l'arrière dans le coin à droite, serrant d'un bras ses jambes ramenées contre sa poitrine, tandis que l'autre main reposait fermée au milieu de la banquette, attachée à celle poilue du vieux flic qui recommandait à l'autre de se taire, d'attendre d'être au commissariat pour les questions : Ferme-la maintenant !, et c'était lui qui avait finalement réussi à le lui faire cracher, le numéro de ses parents, il voulait bien être gentil, patient, compréhensif, mais depuis plus d'une demi-heure que ça dure ce cirque, on va être obligés...

Et depuis qu'elle le lui avait dicté, le numéro, et le nom, l'adresse, tout, elle avait peur, ça recommençait, Dan, Dadann, cognant dans ses oreilles comme le bruit de la vieille machine à écrire de Momm quand elle a ses périodes d'écriture frénétique de lettres qui réclament, protestent, exigent et prouvent qu'elle a le droit, tapant des heures entières sur cet engin aussi imposant qu'elle, les coups furieux sur les touches, les longues séries de coups saccadés le soir, la sonnette, le retour brutal à la ligne, toute la maison vibrant de sa colère, de sa volonté hargneuse de les faire s'incliner devant elle, Monsieur le directeur, le président, l'inspecteur des impôts, des pages et des pages où tous les o étaient perforés tellement elle tapait fort, les o et les zéros, ça faisait des trous dans le papier, y compris dans le carbone, criblé, fusillade maintenant dans ses oreilles, gagnant le cou, les épaules...

Elle dégage sa tête de la couverture, regarde autour d'elle, éblouie d'abord, puis elle s'avance en boitillant vers la carte affichée au mur et reconnaît le nom qu'elle avait repéré à la gare : Condé, c'était écrit partout, sur les panneaux habituels mais en grand aussi sur le haut mur d'un remblai, en rouge sur deux bâtiments, ce qui permettait de penser que c'était une gare fréquentée, une vraie gare... Elle lit le nom des villages, des lieux-dits alentours en essayant de se souvenir, si elle en reconnaissait au moins un, le nom d'un tout petit bled qu'elle aurait traversé de sorte qu'en essayant après de se rappeler... Ah non, c'est pas nous, ça, c'est les collègues de la Chapelle, dit le flic au téléphone... Comme une locomotive qui foncerait à toute vapeur, dans la carte, une grosse locomotive à vapeur noire, ça cogne, siffle, tonne, Dan, Dadann, Dadadann...

Pour la seconde fois depuis midi, elle essaie de bouger le marbre de sa commode, de tirer le grand triangle formé par le coin gauche et la cassure en diagonale. Elle s'y prend comme elle a l'habitude de le faire, en agrippant de ses doigts les deux arêtes lisses des bords et en essayant de faire doucement glisser la plaque sur le bois vers son ventre, centimètre par centimètre, ou millimètre par millimètre tellement c'est lourd aujourd'hui, jusqu'à ce que la fente soit suffisamment écartée pour lui permettre de voir, rien que voir déjà les bords des deux enveloppes gris pâle cachées dessous. Elle a rejeté le grand napperon brodé, poussé la pendule et ses cadres que Nann avait remontés un à un en attendant le docteur, y compris les deux dont le verre s'était brisé en tombant, les deux auxquels elle tenait le plus, comme de juste : le grand rectangulaire que son fils Jean-Loup lui avait offert avec une jolie photo d'elle entourée de tous ses petits enfants le jour de ses soixante-cinq ans, et celui ovale en bois finement sculpté où elle avait mis la dernière photo de ses parents en couple. Et Nann disait que ça ne se voyait pas, qu'il fallait vraiment savoir que le verre manquait et qu'un morceau du beau cadre ovale était cassé, puis elle lui avait quand même promis de se renseigner pour le donner à réparer chez un artisan spécialisé, classant ainsi l'affaire, elle ne s'occuperait de rien du tout, elle s'en fichait, comme de tout ce qui dans cette maison ne lui appartenait pas, on prenait, se servait, cassait, on laissait ou jetait même carrément, combien de pièces du beau service en Limoges, combien de verres, de coupelles, le petit vase de maman en cristal de Bohême... Et cet argent maintenant, mon argent, disparu, volé, aucune preuve, rien, je n'ai rien...

Ses pensées continuaient à s'enchevêtrer, formant une pelote de plus en plus serrée qui avait pris la place de son cerveau et cognait, ces maux de tête qu'elle avait, ça descendait dans la nuque et dans les épaules, tout était dur, ses muscles ankylosés, du bois, de la pierre, du marbre, même ses bras et ses jambes pesaient des tonnes maintenant qu'elle était debout, transpirant, à moitié affalée sur la commode, marquant des arrêts pour reprendre son souffle et guetter les bruits des petites qu'elle entendait heureusement jouer dehors, essayant de tirer la lourde plaque vers elle de façon à pouvoir extraire ne serait-ce qu'une seule enveloppe, de façon à ouvrir suffisamment la fente pour glisser ses doigts ou peut-être rien qu'une pince à épiler à l'intérieur, en attraper une, juste une...

Agitée, pressée et pourtant si lente, si faible, elle regardait le cadran de la pendule tout près d'elle, l'aiguille dorée des minutes qui semblait ricaner par saccades, et celle immobile des heures, comme si le mécanisme était détraqué, comme si elle ne pouvait pas se fier à ce repère-là du temps qui lui restait avant le retour de Nann qui ramènerait Lili, or il fallait qu'elle sache avant leur retour si ces enveloppes avaient elles aussi été visitées, vidées de leur contenu, se demandant en essayant de reprendre son souffle pour dominer la crampe qui lui déchire le côté si elle ne devrait pas abandonner, attendre d'avoir retrouvé ses forces pour tenter cette entreprise qui habituellement demande un effort, un gros effort certes, mais j'ai toujours réussi jusqu'à présent et je ne supporterai pas de rester toute la soirée encore dans mon lit avec ce doute, cette question, et je ne peux demander à personne, je n'ai personne... J'avais plus de trois mille francs, là, je le sais, j'avais tout recompté à Pâques, et celui qui a fait le coup s'imaginait sans doute que je n'y verrais que du feu en laissant un billet à l'intérieur de chaque cadre, il pensait que j'aurais un doute, c'est quelqu'un qui voulait non seulement me voler mais en plus m'ébranler dans ma dignité de femme en pleine possession de ses moyens puisqu'on pourra toujours insinuer si je me plains que ma mémoire commence à flancher, que je deviens gâteuse, et comme je n'ai aucune preuve... C'est quelqu'un d'un raffinement et d'une perversité épouvantables, un homme qui, un homme... Elle ferme les yeux en serrant les mâchoires : comme s'il venait de poser les mains sur ses épaules, de l'écarter doucement pour soulever sans aucun effort le morceau de la plaque de marbre et lui tendre les deux enveloppes vides ou contenant elles aussi juste de quoi l'accuser de perdre la tête... L'ouvrier, avant-hier, pendant que j'étais partie chercher du râpé et que Nann, enfermée là-haut dans sa chambre avec son expert, l'expert ne volerait pas non, mais lui... C'est lui !

Elle se redresse brusquement, rabat sur la cassure le coin du grand napperon brodé et revient à tâtons jusqu'à son lit où elle se laisse tomber, prise de vertige, appelant les jumelles qui ne l'entendent pas, tout occupées à rire sottement dehors avec Priscilla Vardi, de sorte qu'elle finit par se servir de la cloche que Nann, malgré ses protestations, a posée sur sa table de nuit, une clochette avec laquelle sa grand-mère appelait les domestiques à table. Elle la secoue, troublée, tant ce son gai et familier des repas de l'enfance est inconvenant maintenant qu'elle le fait retentir pour appeler au secours.

– Tu as appelé, Momm ?

– Oui, mes cadres, là, la commode, la pendule... Non, pas là !... D'une voix rauque, essoufflée, levant péniblement la tête et agitant le bras en direction des fillettes qui ont l'air de se moquer d'elle en tâtonnant, leurs mains errant sur le dossier de la chaise, la petite table, au bord la plaque de marbre enfin quand leurs yeux passés trop brusquement du plein soleil à l'obscurité de l'entrée se repèrent peu à peu dans la chambre sombre.

– Quoi, Momm ?

– La pendule, au milieu, mettez-la au milieu... le napperon, tirez un peu... ça fait des plis, non, juste aplatir, que ce soit net... et le cadre ovale à droite, et le grand, le portrait de grand-père, devant... non, plus près, et la photo d'oncle Marc...

Elles s'exécutent, silencieuses et dociles, lui donnent son sac à main, ses lunettes, lui apportent le téléphone, puis elles filent en fermant la porte comme elle le leur ordonne : Ouste ! Et ne mettez plus les pieds ici !

Dès son arrivée, sa mère s'est précipitée, Lili, ma Lili !, en essayant de la serrer contre elle, je suis là, c'est fini, c'est tout, comme si elle avait deux ans et qu'elle s'était perdue dans un supermarché, on va rentrer, je t'ai apporté un pull, viens, appuie-toi sur moi, là, qu'est-ce que c'est que cette chemise ?... Des remerciements, des excuses, des justifications vaseuses bien que les gendarmes ne lui aient pratiquement rien demandé : Elle était en week-end à la mer avec ses amis, ils ont dû se chamailler au retour, je ne sais pas, elle me racontera quand elle ira mieux, ces coups de soleil, mon Dieu Lili, tu n'avais pas emporté de crème ?...

Sans force pour opposer une quelconque résistance, elle s'est laissée conduire à la voiture, allonger sur la banquette arrière, enroulée dans un plaid plus doux que la couverture des flics. En démarrant, sa mère lui a dit qu'elles avaient en gros une bonne heure de route à faire, ce qui voulait dire qu'ils s'étaient beaucoup rapprochés en roulant après la pause nécessaire au refroidissement du scooter dans la forêt, Dan avait fait demi-tour pour retrouver le garage qu'il jurait avoir repéré peu avant... Ça s'est mal passé alors ?, demande Nann. J'espère que tu n'as pas attrapé d'insolation... ces coups de soleil, Lili, tu devais le savoir pourtant, à la plage, avec la peau fragile que vous avez toutes les trois... Et tes amis ? Comment se fait-il qu'ils t'aient laissée toute seule sans un sou, sans papier, sans rien... ?

Son sac à dos. C'est ça qui était grand ouvert depuis sa fuite et qu'on secouait, qu'on n'arrêtait pas de secouer, avec dedans maintenant une espèce de petit animal muselé, inoffensif, qu'elle souhaitait tour à tour qu'on relâche ou qu'on égorge. Immobile sur la banquette derrière sa mère qui s'était enfin tue, elle regardait les masses sombres et mouvantes des nuages tressaillant de temps à autre sous les décharges lumineuses d'éclairs lointains qui chaque fois anéantissaient la pensée qu'elle tentait péniblement de suivre, le souvenir qu'elle s'apprêtait à reconstituer. La fatigue peu à peu l'engourdissait, cotonneuse, bienfaisante, et cependant elle résistait, redoutant plus que tout le sommeil, jusqu'à ce que Nann augmente le volume de la radio pour entendre les informations de neuf heures sur un poste régional.

Agitée, elle se redresse, tend l'oreille, mais rien, aucune résidence secondaire saccagée, aucune arrestation, aucun scooter retrouvé dans les bois, et, même si elle sait que c'est absurde d'imaginer qu'on évoquerait ces faits divers à la radio, le nom de La Chapelle dégouline en elle comme du sang, du sang clair qui rassure quand il s'écoule enfin de la plaie, signe dit Momm qu'il n'y a pas d'infection, que toutes les saletés vont s'en aller maintenant, l'abcès crevé, parce qu'elle s'était souvenue qu'ils avaient traversé ce bourg cette nuit peu avant de bifurquer vers la maison qu'elle avait quittée sans avoir le temps de prendre ses affaires, son sac à dos avec son portefeuille, ses papiers, sa petite trousse et ses barrettes, autant de traces que Dan aurait peut-être eu la sagesse de faire disparaître en mettant le feu avant de partir à son tour... elle le voyait fuyant sur son scooter, les billets gonflant son blouson, les gros billets de Momm qui n'était pas bien, venait de dire sa mère : C'est son cœur d'après le docteur, j'ai dû faire venir le médecin de garde, il lui a fait une piqûre mais il faudra qu'elle aille voir Pippry demain matin et j'ai demandé aux petites de s'occuper d'elle jusqu'à ce qu'on revienne, ça m'ennuie vraiment, c'est tellement rare qu'elle soit obligée de se coucher...

Mais elle s'est levée. Assise en robe de chambre dans le grand fauteuil du séjour, face à l'ouvrier qui a mis presque deux heures à réagir à son message téléphonique, essayant sûrement de gagner du temps, mais enfin il était venu et c'était tout à son honneur, elle le lui a dit quand les jumelles l'ont fait entrer. Je suppose que vous vous doutez de quoi il s'agit.

– Non.

– Non ? ! Vraiment ?

– Non... Y a un problème avec la barrière ? (Elle hausse les épaules.) Ou l'auvent ? Les outils ?... (Elle le regarde durement.) Ou c'est parce que, après coup, vous n'êtes pas d'accord avec les comptes ?...

Elle étouffe un rire indigné en se levant : Venez, là... venez ! Dans l'entrée, elle s'arrête et lui demande d'aller dans sa chambre. Lui, fronçant les sourcils en regardant son visage congestionné : Le mieux serait quand même que vous me mettiez assez vite au parfum. La présence des jumelles qui devaient les épier, accroupies sur le palier, l'aiguillonne : Parce que vous allez prétendre que vous ne savez pas où est ma chambre ? !

Il ricane en se grattant la nuque, son blouson vert sur l'épaule, il porte heureusement un t-shirt à manches courtes, et, se penchant vers elle, il baisse la voix : A quoi on joue, là ?

Troublée, elle se ressaisit en sortant son grand mouchoir blanc de sa poche : Je me le demande !... Suivez-moi !

Elle referme la porte de sa chambre derrière lui, agitée, non seulement parce qu'elle allait enfin savoir dans trente secondes si ses enveloppes avaient elles aussi été dépouillées mais surtout parce qu'elle devait être extrêmement attentive au moindre de ses gestes, à ses mimiques et à ses paroles. Ne pouvant s'empêcher de penser à certaines séries policières qu'elle aimait regarder en faisant son raccommodage deux ou trois fois par semaine, elle s'imaginait en effet que la façon dont il s'y prendrait pour soulever le marbre lui fournirait les éléments décisifs pour le confondre.

Elle allume la lumière, s'assied sur une chaise qu'elle a placée contre le mur près de la commode afin de pouvoir le voir agir quasiment de face. L'air, à l'approche de l'orage, était irrespirable. Il va et vient dans la chambre, grand, large, impertinent, regardant les meubles et les cadres accrochés aux murs, le lit qu'elle a juste recouvert après s'être levée pour aller l'attendre dans le séjour. Ses yeux se posent sur les taies froissées des deux oreillers entassés l'un sur l'autre puis sur elle, une question tranquille qui la perturbe. Elle toussote dans son mouchoir, la main tendue vers sa table de nuit : Le verre d'eau, là, s'il vous plaît !... Il le lui donne nonchalamment. Elle boit, se gratte la gorge, vide son verre, s'essuie la bouche, s'excuse.

– J'ai besoin de vos bras pour enlever la plaque de ma commode.

Il s'approche, touche le bord en avisant les coins comme pour évaluer ses dimensions et son poids : C'est du vrai marbre...

– Evidemment ! C'est pour ça, c'est très lourd et je ne peux pas, moi, avec l'accroc que j'ai eu cet après-midi... mon cœur...

– Mais moi non plus ! Un truc comme ça, il faudrait qu'on soit deux...

– Essayez !

Il soupire en la regardant insolemment, comme si elle était folle, bougonne, laisse tomber son blouson par terre, pose sans ménagement les cadres et la pendule sur le lit, tire d'un coup brusque sur le napperon qu'elle lui arrache avant qu'il ne le jette n'importe où. Il grommelle alors en découvrant la cassure : Oui, bah là, d'accord... La regarde : Fallait le dire !, comme une gifle. Elle transpire, immobile sur sa chaise, fixant le morceau de la plaque qu'il soulève d'un seul coup, à bras-le-corps, son cœur bat jusque dans sa gorge, paralysée par la vue de ses deux enveloppes apparemment intactes, puis secouée : Je le mets où ?

– Une seconde ! Elle attrape subrepticement les enveloppes, les glisse dans sa poche. Vous pouvez le remettre !, la main sur son front, les yeux fermés, ça tourne, il râle : Vous êtes pas en train de vous foutre de moi ? Vous avez pas l'impression... ?

– Je vous expliquerai tout à l'heure quand vous aurez bien tout remis comme il faut.

Il rit : Non, mais je rêve !... Il se penche vers elle, les bras croisés sur la plaque de marbre mal réajustée, il lui dit en maîtrisant sa colère : Vous m'expliquez tout de suite ce que ça signifie, parce que j'ai pas que ça à faire moi, on est dimanche, dimanche neuf heures, et j'ai autre chose à foutre que de trimballer du marbre pour vos beaux yeux dans votre chambre à coucher !

– Dans le séjour, dans le séjour... !, fait-elle en prenant appui sur la commode pour se lever péniblement, la main sur sa poitrine, luttant contre une espèce de vertige brûlant, il ne manquerait plus que ça que je m'effondre et qu'il me ramasse, qu'il soit obligé, lui, de me...

Il a ouvert la porte, secoué la tête et tapoté ses doigts sur sa tempe en adressant un clin d'œil complice aux jumelles quand elles se sont retournées avant de disparaître dans l'escalier, elles devaient être collées à la porte de la chambre de leur grand-mère qui souffle derrière lui, déjà : Dans le séjour, s'il vous plaît, allons dans le séjour...

– Je m'en vais.

– Ah non ! Non, s'il vous plaît, non ! Il s'agit d'une affaire extrêmement importante et délicate car je n'ai pour le moment que des soupçons... Elle s'est assise dans le grand fauteuil, il reste debout devant la porte-fenêtre ouverte.

– Vous me soupçonnez, moi ? !

– Je ne dis pas... je ne sais pas, mais je suis obligée de vous en parler, parce que figurez-vous qu'il me manque tout de même sept mille francs et peut-être plus, je ne peux pas encore garantir définitivement la somme, je suis sûre que je vais encore découvrir...

– Et vous pensez que moi, pendant que je bossais dehors... Ah, c'est pas mal, ça, c'est vraiment pas mal !

– Asseyez-vous, s'il vous plaît et causons un moment tranquillement, les petites vont nous apporter à boire... Elle les appelle, ne s'étonne pas de les voir accourir aussitôt : Préparez-nous un plateau.

– Tu prends quoi, Momm ?

– De l'eau et mettez-moi aussi mes cachets, je crois que je ferais bien de...

– Et toi, Mario ?

Elle tressaille et se renverse contre le dossier, les yeux fermés, son mouchoir sur sa bouche. Son nom, cette familiarité, cette espèce de connivence des petites qui avaient l'air de rire sous cape en se tortillant devant lui, comme si elles étaient contaminées elles aussi, ne pouvant s'empêcher de minauder, sottes, aussi sottes que leur mère et Lili... et elle, dans tout ça... elle ne sait vraiment plus, prise à son propre piège maintenant, j'ai agi trop vite, je...

– Alors causons, fait-il en tapant dans ses mains, assis sur le canapé, les coudes sur ses cuisses écartées, et elle esquisse un sourire gêné, oui, oui, en prenant ses enveloppes dans sa poche pour s'éventer le visage, perdue, épuisée... Au loin le tonnerre roule, amenant la nuit entre de brefs éclairs. Les filles reviennent et font le service avec la raideur et la fausse discrétion des parfaits maîtres d'hôtel.

– Si vous pensez que je vole...

– Mais non ! Je n'ai pas dit... Je... Fichez le camp, vous deux ! Allez ! C'est assommant à la fin de ne même pas pouvoir... Filez !

Elles obéissent montent bruyamment l'escalier pour le redescendre aussitôt à pas de loup et venir se poster à côté de la porte ouverte du séjour. Elles entendent

Momm parler de ces sept ou huit mille francs qui lui manquent et dont la plus grosse part se trouvait dans ces enveloppes cachées sous sa plaque de marbre que, comme il a pu s'en rendre compte, seul un homme est capable de soulever, ce qui fait qu'elle est obligée, quand elle regarde autour d'elle, et peut-être que vous avez vu ou remarqué quelque chose la semaine dernière... vendredi par exemple, vendredi en fin d'après-midi, je suis sortie une petite demi-heure pour aller à l'épicerie acheter du râpé...

Elles se regardent, mettent leurs mains gauches dos à dos, entremêlent leurs doigts, appuient leurs fronts contre leur double poing en se fixant intensément pendant plusieurs secondes. Puis elles se lâchent et entrent en sautillant dans le séjour pour déclarer d'une seule voix : C'est pas Mario, on le jure ! On sait qui c'est...

Silence stupéfait.

La cloche du portail retentit. Les filles vont aussitôt voir et crient depuis le perron : C'est maman ! C'est maman et Lili ! Nann, peu après, traversant l'entrée pour monter rapidement l'escalier : Elle dort, laissez-la, je vais préparer son lit, elle est malade...

– Qu'est-ce qu'elle a ?...

– Je ne sais pas, un coup de chaleur, comment va Momm ?...

Mario s'avance vers la porte ouverte donnant sur la terrasse, les mains sur ses reins, la tête renversée sur sa nuque, gonflant ses joues en poussant un long soupir. Elle lève mollement le bras pour le retenir, incapable de prononcer un mot. Il sort et disparaît sur la gauche, elle entend ses pas sur le gravier de l'allée, les passages agités dans l'entrée, les chuchotements des jumelles entourant Nann qui redescend maintenant : Mario ? Mais qu'est-ce qu'il fait là ?... Coup de tonnerre plus proche, murmures, piétinements sur le gravier, on ouvre une portière de la voiture apparemment garée juste devant le perron, l'ouvrier parle à voix basse, Nann : Vraiment ?... Vous êtes sûr ?...

Et quand elle se sera enfin levée, sa curiosité ayant raison de son épuisement, elle le verra passer dans l'entrée puis monter l'escalier, grave, d'une solennité presque irréelle, portant Lili à moitié évanouie dans ses bras, sa peau sombre et brutale submergée par les grands cheveux roux répandus en cascade. Violette et Wanda le guidaient en gravissant les marches à reculons comme des petits singes fascinés, Nann en bas contemplant d'un air bête et attendri ce spectacle inquiétant car elle avait l'impression en regagnant son fauteuil d'avoir assisté à quelque chose de louche dont les conséquences seraient fatales pour elle si elle manquait un seul instant de vigilance, elle le sentait, un glissement imperceptible encore, comme le premier craquement d'une plaque de neige avant l'avalanche, l'allongement de fissures sur les parois d'une voûte ou d'un barrage...

Elle entendait leurs pas et leurs murmures conspirateurs à l'étage, au-delà des grondements irréguliers dehors, elle regardait l'heure et ses deux enveloppes qui, comme elle s'y attendait, ne contenaient plus chacune qu'un billet de cinq cents francs, sournoisement laissés par ce voleur que les petites avaient couvert et peut-être même aidé, sans quoi elles n'auraient pas attendu ce pénible interrogatoire pour intervenir en affirmant connaître l'identité de l'auteur du larcin... Elle ne savait pas ce qui était le pire dans cette histoire à laquelle tout le monde maintenant était plus ou moins mêlé, tout le monde au courant désormais de ses économies... Joignant les mains sur ses genoux, elle lève les yeux vers le plafond, appelle doucement : Rémi !..., puis après quelques instants de recueillement elle murmure : Oh si, je sais, je sais ce qui est le pire, depuis le début, et tout vient de là, je le sais..., pensant à ce tourment et à l'immense chagrin que lui causait depuis tant d'années l'évolution de ses petites-filles qui grandissaient sans Dieu.

Lili s'était réveillée au moment où Mario la déposait sur son lit et, ne comprenant pas, elle s'était agitée en le reconnaissant, en se rendant peu à peu compte qu'elle était vraiment dans sa chambre avec ce type accroupi à son chevet et sa mère derrière, ses sœurs au pied de son lit, elle gémissait : froid, mal à la tête, mal partout, froid...

Ils se sont écartés. Sa mère voulait l'aider à se déshabiller, qu'elle enlève au moins son pantalon. Non. Les petites lui ont apporté d'autres couvertures et Nann disait qu'elle allait lui faire une bouillotte et une tisane. Non, non, foutez-moi la paix !, en se tournant vers le mur. Le téléphone a sonné plusieurs fois. Nann a fini par répondre en emportant le combiné du palier dans sa chambre. Mario et les jumelles s'attardaient près de la porte.

Attentive soudain quand elle l'entend leur demander : Alors, c'est qui, le voleur ? Chuchotement incompréhensible. Il dit : C'est qui, celui-là ?... Puis : Et comment vous le savez ?... Elle se redresse dans son lit, les questionne. Les petites se rapprochent, parlent. Et, très vite alors, dans un grand effort pour comprendre et réfléchir en même temps, elle essaie d'arrêter les mots qui fusent comme des billes de flipper, l'expert, vendredi, Momm à l'épicerie, sept ou huit mille balles, accusé Mario, l'expert, une mallette... Tentée de les laisser suivre cette piste surprenante et idéale finalement, aucune preuve, l'expert, la tête de sa mère... la tête de sa mère !... Etonnée et presque déçue qu'on n'ait même pas pensé à elle, Mario évidemment, c'était plutôt simple... Il s'appelle Mario... Il est grand, baraqué, il l'a portée comme une plume dans son lit... Elle demande aux filles de la laisser seule avec lui et de fermer la porte.

L'ampoule de la lampe de bureau qu'on avait orientée pour en atténuer l'éclat vers le rideau turquoise répandait dans la chambre une lumière de morgue ou d'hôpital, coulait l'immense silhouette de Mario dans une sorte de caoutchouc verdâtre, tant qu'il restait loin d'elle, demandant Quoi ?, en se frottant doucement la nuque et elle lui dit que ce n'est pas l'expert.

Il s'approche, s'assied au bord de son lit et, tandis qu'une voix sûre et comme étrangère à la sienne prononce le nom de Dan et l'ordre de lui casser la figure, elle se sent glisser, une boue tiède imprégnant les draps au fur et à mesure que son odeur, cette odeur d'homme qui l'avait tant repoussée chez son père, épaissit sa présence tout près d'elle, éveille à la fois une peur et un réconfort, venant de sa main qui passe sur sa joue, relève ses cheveux maintenant, et venant aussi des mots échangés, ailleurs lui semble-t-il, un espoir craintif, une angoisse, car tout ce qu'elle lui raconte de façon décousue et qu'il écoute comme s'il comprenait et voulait vraiment essayer de récupérer le plus vite possible ses papiers, son sac à dos et éventuellement le reste de l'argent, notant sur son petit carnet les noms, les numéros de téléphone, les adresses de Dan et de ceux qui pourraient l'aider à le retrouver assez rapidement, comment être sûre qu'il le gardera pour lui et au nom de quoi le ferait-il ?...

Elle pleure. Il la prend contre lui, lui donne des mouchoirs, démêle ses longs cheveux entre ses doigts. Elle lui dit qu'elle a peur, elle le répète et sa voix dès lors l'habite de nouveau complètement. Elle l'entend lui promettre de commencer ses recherches dès ce soir, sent ses mains saisir ses épaules pour l'écarter de son torse et la reposer doucement sur l'oreiller. Il se lève, se penche pour lisser la couette, caresser sa joue, son front, et lui enjoint dans un souffle de dormir maintenant.

Comme Mario leur avait dit en s'en allant que la piste de l'expert ne valait rien, les jumelles étaient bien embêtées. Elles s'étaient mises au lit dans l'espoir improbable que Momm respecterait leur faux sommeil ou serait elle-même trop fatiguée après son malaise et toutes les émotions de la soirée pour poursuivre l'interrogatoire, il était malgré tout presque dix heures et l'orage rôdait.

Nann n'avait pas trop insisté auprès de Lili pour savoir ce qu'elle avait mijoté avec Mario et, n'étant encore au courant de rien, elle tomba des nues quand sa mère lui expliqua qu'elle avait convoqué l'ouvrier après s'être aperçue de la disparition d'environ huit mille francs en coupures de deux et de cinq cents qu'elle avait soigneusement cachées dans sa chambre... Alors les petites prétendent savoir qui c'est et je ne les ai pas rappelées pour qu'elles me le disent parce que je tenais à ce que tu aies tous les éléments en main, tu es tout de même leur mère, et seule responsable, tu me le répètes assez souvent... Il y a donc là une affaire grave, très grave, j'espère que tu t'en rends compte. Leurs cachotteries et leurs mensonges prennent ces derniers temps des proportions inquiétantes, j'essaie de t'avertir chaque fois que je peux mais tu ne m'écoutes pas parce que tu as mille autres choses bien plus importantes et excitantes en tête et que tes filles finalement, si tu veux entendre le fond de ma pensée, tu t'en fiches comme de l'an quarante... Mais bon, les choses étant ce qu'elles sont, je serais tout à fait prête à fermer les yeux s'il s'agissait d'un petit vol de gamine, cinquante ou cent francs, encore que...

– Tu veux dire que tu penses que ce sont les jumelles qui... ?

– Mais non. Elles sont bien trop intelligentes pour se compromettre avec une somme pareille et même si elles ont parfois des besoins, des envies tout à fait excessives, ça reste d'un ordre de grandeur adapté à leur âge... Je ne vois pas ce qu'on pourrait faire de huit mille francs volés à dix ans et demi, d'autant qu'elles sont très gâtées. Non, non... Tu me regardes, là, comme si je te parlais de mes séances bibliques ou des rhumatismes de Jeanine...

– Tiens au fait, elle vient d'appeler pour...

– Tout à l'heure, s'il te plaît. Est-ce que tu te rends

compte de ce qui se passe ? Est-ce que tu vas recommencer, comme avec Michel, à faire l'autruche... ? !

– Ah non, ne recommence pas, toi... !

– Mais tu ne comprends donc pas ? Où est-ce qu'on va, là ? Toi ! Où vas-tu ? Où es-tu ? Et où est-ce que je suis, moi, dans tout ça ? Quel drame est-ce qu'on attend pour se mettre enfin les yeux en face des trous ?... Parfaitement, un drame, comme si on n'en avait pas eu assez comme ça... et il y en a qui vous tombent dessus, d'accord, mais la plupart, on peut les prévoir et je sens, moi, depuis plusieurs semaines, je sens, ça rôde autour de nous, ça se faufile, ça s'infiltre, c'est insaisissable... Oui, tu peux sourire comme ton père qui s'amusait de mes intuitions, mais il ne s'agit même pas de moi, dans le cas présent. Moi, j'arrive au bout, c'est ce que Pippry me dira quand je le verrai demain matin... Il s'agit de tes filles. Une qui s'en va sans autorisation préalable, à la mer soi-disant, avec on ne sait qui et que tu as retrouvée où ?... je ne veux même pas le savoir... Une, donc, qui revient à demi-morte d'un week-end, à seize ans... Et deux enfants qui sont témoins d'un vol de huit mille francs perpétré chez leur grand-mère, sous mon toit, elles n'ont pas par hasard assisté à un hold-up à la banque, ça s'est passé ici, dans ma chambre à coucher, mais quand ?, et combien de temps auraient-elles encore attendu pour au moins m'en informer si je ne m'en étais pas aperçue à midi ?... Et ce n'est pas l'argent qui m'a mise par terre, tu penses !, je ne suis attachée à rien, moi, tout ce que j'ai, je vous le donne, tu le sais, et ces économies que j'avais péniblement amassées ces derniers mois, c'était pour tes frères, parce qu'il n'y a pas de raison que toi et tes filles...

– Mais comment peux-tu garder autant d'argent liquide... ?

– Je ne peux pas justement. Je suis obligée et c'est ça qui entre autres m'empêche de dormir. Je n'ai pas, moi, la chance d'avoir un expert pour me conseiller comme il faut... Ricane, c'est ça, ricane... En tout cas, c'est insupportable de ne plus pouvoir se sentir en sécurité chez soi et encore plus insupportable de savoir que je ne pourrai plus compter sur le minimum de confiance sans laquelle aucune cohabitation n'est possible, cette confiance qui a toujours été et reste la base de ma vie, même si tu ne t'es pas gênée pour l'ébranler sérieusement il n'y a pas si longtemps.

– Comment ça, moi... ?

– Oui, toi. Ces lettres que je t'avais soi-disant volées alors qu'elles étaient je ne sais où dans ton foutoir... Que tu aies pu me soupçonner, devant tes filles, que tu aies pu, ce soir-là, devant elles... ! Et je ne sais même pas si tu leur as dit d'ailleurs que tu les avais retrouvées. Je suppose que ma réhabilitation après ces abominables calomnies t'a paru quelque chose de tout à fait accessoire, inutile même. Est-ce qu'elles le savent ?

– Quoi ?

– Est-ce qu'elles savent que tu as retrouvé dans tes affaires en mars ou avril ces lettres personnelles si importantes que je tu m'avais ignominieusement accusée de t'avoir volées ?

– Oui, bien sûr...

– Hmm... Je t'aime assez, Nann, pour te souhaiter que jamais une de tes filles ne te mette un jour dans une situation aussi humiliante... et c'est à partir de là d'ailleurs que tout s'est dégradé. Ce climat après entre nous, entre elles et moi, ces mensonges, ces insolences, ce mépris... Lili. Jusque là, elle me respectait, mais j'ai su moi ce soir-là, ce n'était pas mon intuition ridicule, c'était un savoir, une certitude absolue, j'ai su que j'avais perdu Lili à cause de toi, et d'une façon tellement brutale, irréparable... la preuve, c'est que ça n'a rien changé que tu lui dises deux mois plus tard que je ne t'avais rien volé du tout !... Alors je ne sais pas... Je suis très lasse, très éprouvée ce soir... et je me demande... Rassieds-toi ! Je me demande comment tu peux supporter, si tu aimes vraiment tes filles, je ne parle même pas de ce que tu peux éprouver pour moi... Comment peux-tu supporter qu'elles et moi, tous les jours, Lili et moi, dans ce climat de mensonges, de méfiance, de haine presque quelquefois... ? Comment peux-tu ?

Elle crie : Mais je ne peux pas !

– Voilà. C'est tout ce que je voulais savoir... Et qui, hein ? Qui peut ici ? Qui de nous peut supporter cette situation infernale ? A ton avis, qui ? Si toi tu ne le peux pas ? ! Et laquelle de nous aura un jour le courage de taper un grand coup pour qu'on en sorte ?... Toi ? Toi qui n'es ni chair ni poisson ici, ni mère ni fille, rien, entre les deux, à louvoyer dans une eau tiédasse, responsable de tout et de rien, absente, molle, ailleurs, éternellement ailleurs, tu flottes, tu planes, tu es la dernière ici sur laquelle on peut compter... ! Ça ne sert à rien de pleurer ! Et pourquoi ça ? Parce que moi qui n'ai pensé qu'à une chose avec ton père en vous élevant tes frères et toi, c'est de faire de vous des adultes capables de se prendre totalement en charge, rien que ça... Ah !... et tu as cru, toi, parce que tu confondais tout, ta paresse et tes grands rêves de liberté et d'indépendance, à dix-neuf ans, Michel, et on a laissé faire, et tes dettes après, je les ai payées... et tu m'as laissée faire... Prends des mouchoirs ! Là, dans le tiroir... Et tu m'as encore laissée faire quand j'ai relevé mes manches pour te sortir du trou, toi et tes filles, je vous ai portées à bout de bras toutes les quatre jusqu'à ce que tu trouves un certain équilibre, un emploi décent et tellement décent que tu en es déjà à payer un expert pour avoir...

– Ah non, ne... non !

– ... pour avoir sans doute mis suffisamment de côté et plier bagages le jour où tu estimeras que tes filles en auront assez bavé avec moi ! Mais si c'est ça que tu prépares, tu peux au moins m'en informer, je suis la première concernée dans l'histoire ! Si tu es prête à supporter encore l'insupportable selon toi, uniquement parce que ce serait trop tôt par rapport à tes calculs, aie au moins la franchise de me le dire parce que ça me rassurerait. Je comprendrais au moins, je saurais à peu près à quoi m'en tenir... Je t'écoute !

– Mais rien... rien, je ne sais pas...

– Mais il va pourtant bien falloir que tu saches, parce qu'il n'y a que toi, au point où on en est, il n'y a que toi qui puisses nous sortir de là.

– Et comment ? !

– En commençant par arrêter de pleurnicher et en te secouant sérieusement, une fois dans ta vie ! Je ne suis pas éternelle, moi ! Tu as pris l'habitude de te reposer entièrement sur moi, tu exiges de moi depuis cinq ans des choses qui en réalité me dépassent et je m'efforce quand même, par amour pour toi et pour elles, j'essaie de me montrer à la hauteur, alors que ça me mine et que le résultat est une catastrophe pour tout le monde... Mais si ! A quoi ça sert que je continue à me démener comme je le fais si au bout du compte Lili me méprise et me déteste ?, et toi... et les petites... Mais Lili !

– Tu ne peux pas dire que Lili...

– Je sais exactement à quoi m'en tenir avec elle. Tu ne peux rien dire, toi, vu que tu n'es jamais là. Et la seule chose qui me rassure, c'est de sentir qu'elle a autre chose dans le ventre que toi. C'est dur, c'est consistant, mais ce n'est pas mon rôle de lui aiguiser les griffes ! Je ne peux pas continuer à me bagarrer tous les jours avec elle en me persuadant qu'elle m'en remerciera plus tard, parce que moi je ne serai plus là pour l'entendre et je n'ai pas envie, vois-tu, non... je n'ai pas envie de passer le restant de mes jours à encaisser leurs coups à ta place pour me retrouver un beau jour sur le carreau parce que ton humeur ou tes comptes...

– Tu veux qu'on s'en aille, c'est ça ?

– Voilà, ces formules idiotes, toujours... qu'on s'en aille... comme ça, là, n'importe où, avec n'importe qui... ! ? Tu ne peux pas pour cinq minutes faire preuve de deux sous d'intelligence et de bonne foi ?... Je ne veux pas que tu t'en ailles, je veux que tu saches pourquoi tu restes, pourquoi tu pars... pourquoi tu n'as aucune envie de t'occuper de tes filles, pourquoi tu fais tant de mystères avec tes finances, et pourquoi tu continues, à trente-sept ans, à te jeter au cou du premier venu...

– Ça, excuse-moi, mais c'est un domaine qui vraiment ne te regarde pas.

– Alors épargne-moi le spectacle de tes minauderies s'il te plaît !

– Mes minauderies ?

– Cet ouvrier, chez moi... Et Lili...

– Parce que j'aurais dû refuser qu'il la porte dans sa chambre ?

– Oui. Si tu étais rentrée de ton travail à des heures normales cette semaine, tu aurais su que tu devais refuser.

– Je ne comprends rien, je ne sais pas... En tout cas, ce n'est pas moi qui suis allée le chercher ce soir pour...

– Oui et cela nous ramène à mes sept mille francs. J'aimerais que tu t'occupes toi-même de cette affaire. Les petites savent qui a fait le coup et si elles ne l'ont pas dit c'est qu'il s'agit d'une personne de notre entourage plus ou moins proche. Arrange-toi pour que ça puisse s'éclaircir dans la discrétion. Il ne sera peut-être pas nécessaire de porter plainte si on peut récupérer l'argent. Je voudrais n'avoir à me mêler de rien et que ce soit classé le plus vite possible.

Et elle qui était toujours sur le qui-vive, la dernière couchée, d'une vigilance exemplaire, courant sans cesse dans la peur de manquer ou de laisser passer quelque chose, quelqu'un, paroles, murmures, regards, et tous ces riens qu'elle happe et amasse à longueur de journée, minuscules proies qu'elle dépèce après quand elle est enfin tranquille, triture, renifle, stocke, cuisine ou jette selon son diagnostic – elle demande à Nann d'éteindre la grande lumière et de fermer la porte avant de monter voir ses filles. Elle reste seule, assise dans le grand fauteuil, en robe de chambre. Elle sent la fatigue remonter dans ses jambes et appuyer doucement sur ses épaules.

Dehors le vent s'était levé, bruyant dans les feuillages. Les tentures se soulevaient par à-coups près de la porte-fenêtre ouverte. Les plantes vertes, les mouchoirs en papier chiffonnés dans la corbeille frémissaient, fragiles, des bouffées d'air tiède passaient sur sa peau moite, les pages crépitantes d'un journal près d'elle, à l'étage un volet cognait. Elle entendait l'orage approcher, elle voyait les éclairs. Ça tonnerait bientôt tout près et il ferait meilleur dans les chambres dès qu'il commencerait à pleuvoir. La pluie allait lessiver les feuillages et les pierres, pénétrer les sols et mouiller profond, dessous, la lumière au matin serait vive sur les toits, les lierres, l'asphalte et les gens qui marchent de bonne heure, leurs pas plus sonores et plus pressés sur les trottoirs où ruisselle encore l'eau des gouttières, où tout coule s'écoule et s'écroule, les espoirs, les rancœurs, les angoisses, la fatigue avale tout, tout ce qui passe au large d'elle tandis que les premières gouttes giclent sur le seuil, les chaises et le parasol qui n'ont pas été rentrés.

Elle regardait son reflet massif et imprécis dans la grande vitre, et quand de longs éclairs illuminaient le jardin il lui semblait les voir, figés à chaque séquence dans des poses nouvelles : l'ouvrier au fond près de la barrière, son pinceau à la main, Lili sur la terrasse, ses barrettes tombant de ses cheveux incendiés, les petites et Priscilla étalant des billets oranges et verts sur l'herbe, l'expert raide en mouvement vers Nann postée devant le cabanon – et l'ombre de Rémi soufflait sur eux dans le noir, ils s'étaient rapprochés les uns des autres, tous ils avaient des cerises aux oreilles sauf Lili qui n'avait pas quitté sa place. Une fois elle la vit tournée vers elle, pâle avec ses yeux accusateurs, les autres avaient disparu. Elle sentait pourtant qu'ils étaient là, que la prochaine image les lui montrerait rassemblés coude à coude tout près, mais elle préférait ne pas savoir qui serait à côté de qui, dans quelle posture, dehors, face à la vitre qu'elle avait cessé de regarder, fermant les yeux, lasse et peut-être effrayée de s'y retrouver chaque fois au même endroit exactement avec l'abat-jour rose de la lampe à gauche de son accoudoir, la joue posée sur sa main, ce corps terne et immobile, jeté, sans âge, cette usure de l'amour donné à perte, son cœur malade comme un grand réservoir d'énergies inépuisables qu'elle continuerait à répandre, à gaspiller, dès demain, elle le savait, sans quoi elle en crèverait.

CET OUVRAGE A ÉTÉ ACHEVÉ D'IMPRIMER
LE ONZE SEPTEMBRE DEUX MILLE UN
DANS LES ATELIERS DE NORMANDIE
ROTO IMPRESSION S.A.
À LONRAI (61250)
N° D'ÉDITEUR : 3571
N° D'IMPRIMEUR : 012735

Dépôt légal : septembre 2001